Annie Ernaux

Ce qu'ils disent ou rien

Gallimard

Un été brûlant, dans une banlieue. Anne, quinze ans, traîne son ennui, ses bribes de révolte, son attente vague de l'amour, dans le petit pavillon acquis difficilement par ses parents. Sa mère, jadis adorée, l'agace par ses réflexions et sa surveillance. Seule échappatoire, les sorties avec Gabrielle, une copine de hasard, qui lui fait connaître Mathieu. Anne est subjuguée par le discours brillant de celui-ci et fait l'amour avec lui. Un soir, elle se laisse entraîner à un désir fugitif pour Yan. Mathieu, alors, l'humilie et la rejette.

A la rentrée scolaire, le corps d'Anne cesse de fonctionner, sans raison : elle n'a plus ses règles; peut-être parce qu'elle n'attend plus rien. Peu à peu, elle se referme sur elle-même, étrangère à ce qui l'entoure, sa famille, la classe de seconde où, pourtant, le professeur de français parle de « changer la vie ».

Annie Ernaux a passé son enfance et sa jeunesse à Yvetot, en Normandie. Elle est professeur de lettres et vit dans une ville nouvelle près de Paris. Elle a publié *Les armoires vides* (1974), *Ce qu'ils disent ou rien* (1977), *La femme gelée* (1981), *La place* (prix Renaudot 1984), *Une femme* (1988).

Aux Salopiots, Éric et David.

Parfois j'ai l'impression d'avoir des secrets. Ce ne sont pas des secrets puisque je n'ai pas envie d'en parler et aussi bien ces choses-là ne peuvent pas se dire à personne, trop bizarre. Céline sort avec un type du lycée, de première, il l'attend au coin de la Poste à quatre heures, au moins c'est clair son secret, si j'étais elle je ne me cacherais même pas. Mais moi ça n'a pas de forme. Rien que d'y penser je me sens lourde, une vraie loche, je voudrais dormir jusqu'au moment où je comprendrai mieux, à dix-huit ou vingt ans peut-être. Il doit bien y avoir un jour où tout s'éclaire, se met en place, il n'y a plus qu'à marcher tranquille, tout droit, mariée, deux enfants, un métier pas trop minable, racontez vos rêves d'avenir, un sujet de rédaction, j'avais eu une bonne note. L'avenir, quand je vois toutes ces années à passer dans les bouquins, j'ai un grand creux dans la tête, toutes ces choses que je ne sais pas encore et qu'il faudra écrire et dire. Je glissais exprès au fond du lit, je ne voulais pas me lever toute petite, c'était noir, bien chaud. Pareil maintenant. L'année dernière pourtant je ne pensais qu'à rentrer en seconde C, il faut dire que les profs nous flanquaient la pétoche, juste, très juste, vos notes... Calmes, distingués, mais ça veut dire macache pour C, vous n'avez qu'à être plus intelligents, pas notre faute. A la maison elle râlait sec, huit en maths! c'est pas gras, quand on en met un coup on y arrive. Tu veux finir en usine peut-être? Je sais bien qu'elle a raison, rien à dire contre, si je n'étais pas allée en seconde, couic, le boulot. Tout de même, quand elle me tannait en mars dernier au moment de l'orientation scolaire, je ne l'aimais pas, j'aurais préféré qu'elle ne dise rien. Maintenant elle est rassurée, pas de pet jusqu'au bac, je ne lui ai pas avoué qu'en fin de seconde on pouvait être viré du lycée ou descendre dans une section commerciale, elle me ferait la nouba toute l'année. N'ont que leur certificat d'études mais mille fois plus chiants là-dessus que les parents de Céline, ingénieurs, quelque chose comme ça, c'est vrai qu'eux, ils n'ont pas besoin de hurler, ils sont l'exemple vivant de la réussite, tandis que les miens qui sont ouvriers, il faut que je sois ce qu'ils disent, pas ce qu'ils sont. Je ne sais pas si j'arriverai à faire institutrice, même si j'ai encore envie maintenant. Il m'agace lui, à me regarder toujours avec inquiétude, ça te casse pas la tête d'être sur des livres à longueur de temps? La lecture c'est pas son fort, juste *Paris-Normandie*, un peu *France-Soir*. Quelquefois, quand il ne fait pas attention, ses lèvres bougent en lisant. Peut-être qu'il a raison, trop dur les études. A la rentrée je croyais que je ne penserais qu'au travail, au lycée, dans ma classe, je ne connaissais que Céline, et un minot inoffensif de quatorze ans. Puis non. Je n'ai plus d'idées pour la composition française. La prof me reproche le désordre. Elle a écrit sur le premier devoir, le sujet était bon mais vous n'avez pas ci et ça, était, c'est cuit, je ne saurai jamais traiter le sujet comme il faut, l'imparfait, c'est ça, impossible de se rattraper, de rien changer. S'il n'y avait que dans les compositions françaises. Je me vois dégringoler et je ne sais même pas comment appeler ce que je sens. Amoureuse, ça servirait à quoi puisque je ne le reverrai jamais, et tous les garçons me dégoûtent. J'ai peur parfois, pas tellement de l'usine, ils attigent, mes parents, je trouverais bien une petite place dans un bureau, mais de ne plus avoir envie de rien, d'être seule de mon espèce. Tu n'es pas comme d'autres, faut t'arracher les mots de la bouche, tant

11

d'autres qui sont si gentilles, qui sauraient apprécier ce qu'on fait pour toi. Tout le temps des comparaisons, mais jamais avec les mêmes filles. Pourquoi les autres sont-elles aussi claires, Céline, quand elle monte devant moi en maths, son dos remue à peine, seules ses fesses, d'un mouvement harmonieux, est-ce qu'elle a déjà, je me sens une punaise derrière elle, moi maigre et sans gros nichons comme elle. A quoi je ressemble. Je voudrais être encore à la fin de la troisième, au mois de juin, il faisait une chaleur torride, mon père disait dehors, après le journal télévisé, il faudrait bien que le temps se mette à la flotte pour les jardins. Hier je me suis vue dans une vitrine de chaussures, il pleuvait à verse, j'avais des mèches partout, les vacances sont bien finies. Je suis laide avec mes lunettes. Je ne les quitte plus, elles me font un petit creux de chaque côté de mon nez, que je tâte aux cours quand j'en ai trop marre. Ça m'est égal maintenant, ce creux. Elle me regarde partir pour le lycée mine de rien, tu es bien avec tes lunettes, très bien, ça fait sérieux. Dans la famille, ils disent que je ressemble à une institutrice, j'ai déjà les lunettes au moins. J'ai commencé à les enlever au mois de juin, presque à la fin de l'année scolaire. Au début j'ai eu du mal à m'y faire, je ne distinguais plus les gens de l'autre côté du trottoir, ils passaient dans un brouillard de lumière, la télé en couleurs mal réglée. Le problème, je ne pouvais pas dire bonjour puisque je n'étais pas sûre, sûre. Je ne tenais pas à passer pour louf en me trompant de tête. C'était gênant aussi de rayer les gens de ma circulation personnelle, le drame à la maison quand je ne salue pas un prof, des personnes importantes qu'on connaît de vue, des voisins. A quel âge on dit bonjour sans y penser. A l'école primaire, c'était encore pire, je changeais de trottoir tellement ça me faisait suer, la femme Bachelot pépiniériste, derrière sa grille, elle ne me regardait jamais, restait raide comme la justice, bonjour madame, ne répondait pas et après seulement me retournait sur toutes les coutures. Je m'en serais déchirée, la bique, et elle a dit à ma mère que je descendais du trottoir juste avant sa maison, qu'est-ce qu'elle se croit votre gamine. Je m'étais fait emballer, les Bachelot, c'est sacré, riches à millions, mais pas fiers, mes parents trouvent presque normal qu'ils aient beaucoup d'argent puisqu'ils font comme s'ils n'en avaient pas. Ça m'a bien arrangée de ne plus voir les gens, je ne mettais rien sous ma robe à bretelles, collante en haut et décolletée. Si je marche trop vite, le tissu s'engouffre entre mes jambes et me tiraille par-derrière, ça dessine tout. Tu veux toujours ce qui n'est pas fait pour toi, à ce prix-là tu aurais

13

pu prendre quelque chose de plus frais, plus jeune fille, tu te fais remarquer. Pourtant elle m'avait laissé choisir et gueulait ensuite. C'est vrai, j'avais un peu honte mais je me sentais forcée de me montrer avec, on ne peut pas rester môme tout le temps. Les lunettes dans le sac je me serais baladée en chemise. En cas de rencontre maternelle ou paternelle, je pourrais toujours dire que j'avais une saleté sur un verre, que je les avais enlevées à cause de ça, il faut bien préparer ses défenses. Drôle d'impression, je croyais présenter une collection comme dans *Jours de France*, un public plein d'yeux dans du flou, la sueur me collait le haut des jambes, difficile de marcher naturellement quand je passais devant les terrasses des cafés, place de la Poste, et puis l'arrivée au C.E.S., les dix premiers mètres dans la cour. Ils, les filles aussi, à regarder si j'ai vraiment de la poitrine. Je ne baissais pas trop les yeux, on aurait pensé que je m'admirais, je mettais du temps à enfiler ma blouse, avant de monter dans les classes. L'année dernière, je n'aurais pas osé, je n'avais pas assez de poitrine et cette année il y avait le B.E.P.C., comme si d'avoir un problème m'autorisait à me lancer un peu. J'ai toujours pensé qu'on ne peut pas avoir deux peurs à la fois, la plus forte l'emporte sur la bascule, là c'était l'examen. Tout partait d'ailleurs en digue-digue, on contrôlait encore les absences mais pour rien. Ils n'avaient pas l'air fin, les profs, à noter scrupuleusement les noms de ceux qui s'étaient déjà fait la malle. Ils ont baissé pour moi à vue d'œil en juin, leurs menaces ne servaient plus à rien, même l'épreuve du B.E.P.C. ne leur appartenait pas, ils seraient aussi surpris que nous par les sujets, l'année prochaine, ils répéteraient à d'autres élèves ce qu'on savait maintenant, ils peuvent faire suer les élèves un an, deux tout au plus, après des queues Marie c'est le printemps. Nous avançons, pas eux. Je feuilletais les livres, des problèmes de maths que je ne ferais jamais, certains qui m'avaient flanqué les chocottes au début de la troisième, fini leur pouvoir, je me suis sentie un peu vieillir. L'étude se passait sous les tilleuls de la cour à cause de la chaleur. J'aurais voulu vivre ce mois de juin plus longtemps et c'était la première fois que je pensais ça très clairement. J'étais heureuse là. Dommage qu'il y ait eu l'examen, les révisions, j'aurais pu m'attarder davantage sur tout ce qui me venait, profiter. Ça me bouchait un peu, la perspective de l'examen. Je me disais, si je suis collée, je ferai n'importe quoi, je coucherai avec un garçon, perdu pour perdu, j'ai toujours eu peur de mourir avant d'avoir connu ça, pas le coup de vivre jusque-là, toute l'enfance moche, y avoir pensé tout le temps pour, crac, *nothing*.

D'ailleurs, si j'avais dû mourir, dans une guerre par exemple, je me serais jetée sur le premier venu. Des copains, au loin, François le surveillant. En cas de guerre, oui, mais il n'aurait pas suffi à la demande, et il y en a de plus jolies que moi. La chaleur me donnait des idées gluantes dont j'aurais eu honte de parler aux autres, mais que je n'avais pas honte d'avoir peut-être parce que c'était bientôt fini le collège, partir de quelque part ça donne de la liberté dans la réflexion. Jamais je n'ai remarqué autant le corps de mes copines, l'hiver, à vrai dire, avec tout ce qu'on a sur le dos. Je comparais avec moi, la grosseur, les fesses, les jambes, les cheveux, où est mon corps à moi, j'ai la taille d'Odile, brune comme Céline, les seins, difficile de savoir avec le soutien-gorge. Qu'est-ce que je préférais, des bons résultats scolaires ou un joli corps, les deux c'est trop demander, faut pas tout vouloir dans la vie, quand ça pousse trop bien au-dehors, ça doit tirer sur l'intelligence, même les profs se méfient des nénettes trop bien. En juin, Céline remontait ses cheveux en couettes, je voyais son cou humide et elle se tenait appuyée au mur, les pieds éloignés, gênante à voir avec son jean renfoncé au bon endroit. Elle me rappelait un jour, dans la maison d'avant, rue Césarine, le cagibi aux outils, son rire, ses petits yeux fendus, assise sur

16

une caisse renversée, et « celui-là » comme on l'appelait entre nous, que j'avais découvert aussi différent du mien que son rire, ses cuisses semées de graines de froid, j'avais compris mon propre mystère de mou, de rose, ça ressemblait à l'intérieur du bec des poules que ma grand-mère forçait avec des ciseaux pour les tuer. Déjà les premières barbes lui étaient venues, quand est-ce que moi aussi... dis tu me jures de me montrer une serviette pleine de sang. Mais c'était Alberte, pas Céline. Maintenant, on ne se le montrerait plus, « celui-là », ni rien, même la tante Rose quand elle nous visite, pas un mot, sauf, je ne peux pas aller à la piscine aujourd'hui, ah ! oui t'es handicapée. Pourtant la première fois, j'avais eu envie que les autres le sachent, pas les garçons évidemment, ça ne s'est pas trouvé. Je me plaisais avec les filles de la classe à la fin de l'année. On bronzait hanche contre hanche, on fumait derrière les tilleuls, comme si rien nous séparait. Pour les profs, il y a les élèves qui pigent un peu, beaucoup, vache-ment, les cracks et les pas fute-fute. Ce ne sont pas tellement ces différences-là qui me frappent, plutôt la décontraction, la manière de parler, des trucs indéfinissables. Là il restait une petite différence, les robes, je n'en avais qu'une neuve en juin, au bout de huit jours, tout le monde y était habitué. Si t'es reçue, je t'en paierai une

17

autre. C'est tout de suite que je l'aurais voulue pendant que je pouvais la montrer, après, pendant les vacances, toujours tartes, ce serait plus tellement la peine. Les vacances aussi font une petite différence, avant la sortie et à la rentrée. Céline devait aller en Yougoslavie, après on oublie, on redevient pareils. Je ne partirais pas sur la Côte comme disait une fille, laquelle Côte, ni en Yougoslavie. Il y a encore deux années pour finir de payer la maison. Dix ans pour payer trois pièces et un jardin, j'avais presque huit ans, ça me paraît une éternité de sous, et encore ce n'est pas à nous complètement. En plus dans un quartier retiré où il passe trois pelés un tondu, à la différence de la cité rue Césarine, où il y avait Alberte. Mon père prend ses congés en août, on va voir la famille, cent kilomètres à tout casser, un dimanche à la mer s'il leur tombe un œil. « On s'embête sur les galets, c'est bon pour la jeunesse. » Je dois pas encore faire partie de la jeunesse. Ma mère irait aider au *Café de la Petite Vitesse* trois jours par semaine. Elle ne veut pas que je parte seule en vacances et puis où. Je pariais qu'il ne m'arriverait rien d'intéressant pendant les vacances. Ce qui me faisait le plus suer, c'était que je ne me débarrasserais pas du bruit de fond de mes parents jusqu'en septembre. Un pressentiment. Pendant l'école, on ne les voit pas tellement, on

18

a mille occasions d'oublier leur baratin, un cours, une discussion, la gym, là je n'y échapperais pas. Dans la cour du C.E.S. les mômes de sixième nous déboulaient dessus. Je me revoyais à l'entrée du collège, et puis avant, à l'école primaire, les mêmes après-midi poussiéreux de fin d'année, la récréation qui n'en finit pas, les instits lointaines, des images de gosse qui me dégoûtaient de plus en plus. J'avais envie de claquer les gamines de sixième quand elles venaient nous enquiquiner. Ma mère me couvait trop à l'école primaire, j'avais toujours des tas de fringues à me coltiner sous le bras parce que je les enlevais. Les grandes me tiraient par ma main libre, viens jouer au mouchoir, mais où poser tout mon fourbi, attention qu'on te vole tes affaires, un jour j'avais eu le mouchoir dans le dos et je ne l'avais pas vu. Chandelle! j'étais restée au milieu du rond jusqu'à la fin. Je me suis trouvée une gosse minable, gnangnan, une chandelle. Autre chose d'avoir bientôt seize ans, tout de même.

Mes jambes allongées sous la table le matin du B.E.P.C. en attendant le sujet de maths, la prof en chemisier vert, blonde, elle pourrait être vendeuse à Monoprix, où la différence, des pensées neuneu qui me viennent au moment où il le faut pas, puis youp, j'ai écrit sans arrêt, la matinée était finie. Céline derrière a eu des difficultés, lui souffler aurait été dangereux, je n'en avais pas tellement envie. Le lendemain, j'ai dormi jusqu'à midi, après je me suis demandé ce qui m'arrivait toute la journée. Est-ce que tout a commencé là. Ils mangeaient, mon père coupait lentement son pain, elle ne disait rien, je la sentais colère à cause de moi, des inquiétudes que je lui donnais. Ça ne me faisait rien. Ils auraient pu être des quidams, tu nous prends pour des quidams, tu nous racontes pas comment ça c'est passé, tu dois bien savoir ce que t'as fait! Justement non. Fort de café, c'est pas eux qui passent l'examen et ils vous tarabustent. Le monde m'apparaissait bizarre. Elle écalait son œuf dur trop chaud en le tenant dans le torchon de la cuisine qui lui sert de serviette aux repas, ça va plus vite. Les tomates parsemées de bouts d'oignons m'écœuraient. Mon père a mis les informations d'une heure, il y avait une conférence en Amérique, l'inflation recommençait, la sécheresse continuait, on le voyait bien, ça m'a paru d'une totale insignifiance. Les choses importantes, c'était ce moment, la cuisine étouffante, le frigo qui venait de se déclencher, mes mains sur la toile cirée, les petites marques de couteau près de mon assiette. J'avais la gorge serrée, pas vraiment la crainte d'être collée, c'est un examen-bidon le B.E.P.C., mais de nous voir à table, de sentir le monde autour dans un grand cercle loin-loin-loin et pourtant tout collé à moi. L'après-midi je suis allée en ville, on dit toujours ça parce que dans notre quartier il n'y a pas de commerçants ni rien, pour acheter du shampooing, j'ai dit, il faut toujours un motif à ma mère. Pour forcer le destin, j'avais gardé mes lunettes, une idée comme ça que moche et polarde, je serais reçue du premier coup. C'est drôle, j'aurais bien aimé rencontrer Alberte, lui dire que je venais de passer le B.E.P.C. Elle, elle a fait le C.E.T. à quatorze ans pour être dactylo et après on ne s'est plus revues beaucoup, on n'avait plus grand-chose à se dire. J'ai pensé à elle en passant devant une vieille pissotière, l'odeur de chair de poulet cru, le bruissement de la flotte qui ruisselle sans arrêt. Pourquoi que les filles n'auraient pas le droit d'y aller ? Deux pieds écartés, un bas de pantalon nous empêchaient d'abord. J'ai envie, envie ma vieille, sacrée Alberte, elle faisait mine de ne pouvoir y tenir, je n'aurais jamais osé traverser ce lieu-là toute seule. Avant de ressortir, on avait guetté si personne ne venait sur le trottoir, les hommes aussi regardent si on les voit sortir, c'est Alberte qui me l'avait fait remarquer, elle avait des tas d'idées. Mais on s'était dit seulement ça va toi quand on s'est rencontrées il y a deux ans, elle travaillait déjà et peut-être que ça crée des obstacles de s'être montré nos carabis étant petites. Ça n'avait pas de rapport avec le B.E.P.C. et en marchant je me disais que je me souviendrais de ces pensées-là après les résultats et que ça serait toujours lié à ce foutu examen. Et puis la pharmacie où j'ai pris mon shampooing, la tête du préparateur. Je ne pensais pas aux garçons. En revenant, il y a bien un kilomètre, j'ai consulté mon petit horoscope personnel, j'en ai toujours une grande quantité, celui de *France-Soir* c'est obligé qu'il soit faux, il est fait pour tout le monde, tandis que moi, je me les invente. Si je rencontrais trois voitures blanches, je serais reçue sans passer l'oral de contrôle. J'ai oublié s'il était écrit dans les voitures que j'aurais l'examen. Je n'avais pas envie de rentrer. J'ai bu du café au lait dans la cuisine, un grand bol de chocolat fumant, j'écris dans les rédactions parce que ça fait mieux. Il n'y avait rien à la télé, de plus si je m'étais postée devant, elle aurait dit que toute l'année je l'avais trop regardée, c'était pas étonnant si. Dans ma chambre, mon sentiment bizarre est revenu. J'avais pris à ma mère son *Femmes d'aujourd'hui*, je n'arrivais pas à m'y intéresser. Devant mon lit, le rideau rouge en cretonne avec les coccinelles géantes, tiré à cause de la chaleur, faisait une ombre colorée. Vers la fin de l'après-midi ma mère s'est mise à coudre dans la salle de séjour, j'entendais son fourragement dans la boîte à ouvrage, le zinzin des aiguilles, des vieux dés et des boutons mêlés aux bobines de fil, un bruit menu, j'ai eu l'impression de l'avoir toujours eu dans les oreilles, ça m'a fait penser à la vieillesse et à la mort. Les dernières journées au C.E.S. me paraissaient lointaines, devant je ne voyais rien. C'est drôle une chambre dans la pénombre en été. Il y avait plus de six mois que je m'étais interdit de, mais c'était une sale journée, ça m'était égal qu'elle soit complètement noire. La première fois l'année dernière, je n'ai pas osé regardé ma mère, ni personne, ils devaient savoir, et ce n'est pas permis aux filles normales. Un beau regard droit, disait la maîtresse du cours élémentaire, n'avoir rien à cacher. Quel supplice. Six mois, mais quand je m'en suis souvenue, il était déjà trop tard, ma main sentait les fanes de plantes, douceâtres. Je n'ai pas eu tellement honte pour une fois, ça se fondait dans la journée entière, sans plus de bien ou pas bien que les coccinelles géantes. Ça ne concernait pas mes parents. Même c'était bien, avec ça, j'étais au cœur de ma bizarrerie. La chatte a gratté à la porte. Jusqu'au soir, elle est restée à ronronner sur mon oreiller. Je l'aimais bien, noire de partout et des yeux verts. Est-ce j'ai vraiment pensé, si je ne suis pas reçue je couche avec un garçon.

23

Je l'ai eu les doigts dans le nez, le B.E.P.C., les profs m'ont dit mes notes. Mon père en a eu les yeux pleurards le soir en rentrant du travail, et surtout quand il a vu le lendemain dans le journal mon nom et pas celui de la fille Dubourg, le dentiste, qui s'était fait ratiboiser à l'écrit. Je n'ai pas voulu lui dire que le B.E.P.C. c'est peau de zébi pour trouver un boulot, pas gâcher sa fierté. Elle a dit en haussant les épaules, l'argent donne pas tout, heureusement, l'intelligence pousse où elle veut. J'ai trouvé qu'il y a des endroits où la graine pousse pas dru, dans ma famille par exemple, ils n'ont pas de boulots bien, juste mon oncle Jean dessinateur industriel. Ou alors l'intelligence on ne la voit plus si elle a existé, ça revient au même, seuls les yeux, parfois encore. Ma mère a gardé la tête froide, quand on travaille on réussit, tu le méritais. Elle me rabattait exprès la joie, que je ne sois pas crâneuse, à me monter la tête, elle va me la dire tout l'été cette phrase, tu te montes la tête. On n'a plus parlé de ma réussite que devant les voisins et la famille, ça fait de l'effet parce qu'ils n'ont pas continué leurs études ou ils ont loupé. Je ne me rappelle pas combien de jours a duré mon plaisir. Je faisais des petites courses en ville, ma robe à bretelles sur mes épaules nues, les lunettes dans la poche et merde pour ceux que je rencontrais, je vivais sur mon succès. Mais j'aurais voulu que ce succès m'ouvre quelque chose, tout de suite, d'autres joies, je ne savais pas lesquelles, pas ces vacances-là. Une récompense en somme. Tu vas te reposer deux mois et demi, tu te rends compte de ta chance, tu seras d'attaque pour la rentrée au moins. Le repos, toujours le repos avec eux, c'est-à-dire rien, je déteste leur manie du repos, où ont-ils pêché ça, les dimanches, mon père ne sait pas comment s'occuper à part la télé, parlons-en de son repos. Elle m'a promis de m'offrir une robe, dans les cent francs, mettons, faut bien marquer ton B.E.P.C. Quand on irait à Rouen, chez l'oculiste, qu'est-ce que t'en dis d'un tour aux Nouvelles Galeries? La fameuse robe d'été, je regarde encore une tache d'herbe presque effacée, je sais bien que je ne devrais pas. Un cadeau riquiqui ça me paraissait, et lâché avec des élastiques, ils n'étaient pas à la hauteur, je ne sais pas trop ce qu'ils auraient pu me payer de toute façon, qu'est-ce que je désirais exactement. Un soir de début juillet un orage terrible a éclaté, mon père regardait le Tour de France à la télé, en buvant son petit Ricard bien allongé d'eau parce qu'il ne faut pas boire dans la mécanique, celui qui pinte, il est fichu. La pluie s'est arrêtée, j'ai ouvert la fenêtre, le parfum du quartier mouillé a envahi ma chambre, presque froid, après la canicule, c'était l'odeur des choses finies déjà. Huit jours avant, j'étais dans la salle d'examen, cinq, j'avais vu mon nom dans les panneaux grillagés des résultats, quinze, je prenais le soleil dans la cour du C.E.S., je ne reverrais plus beaucoup certains copains, ni François le surveillant barbu. J'ai écrit sur le papier peint près de mon oreiller, Anne, 2 juillet. Je commençais à me faire chier comme tous les ans à pareille époque, je ne le supportais pas aussi bien, ça me semblait injuste. L'école, c'est jamais fini, un vrai gouffre, pour une fois qu'il y avait un palier plus large, croire même qu'on repart à zéro en allant au lycée, d'autres têtes de profs, d'autres élèves, il aurait fallu que mes vacances aussi marquent la coupure. J'ai traîné au lit, c'était autant de pris sur la journée, surtout avec certains rêves, un soldat qui ressemblait à mon cousin Daniel, des bras qui m'enlaçaient comme dans les romans. Je me suis souvenue d'un truc d'Alberte, compter treize étoiles pendant neuf jours, l'inverse peut-être, et on rêvait de son futur mari. Et puis mettre une glace sous son oreiller le vendredi 13 manque de bol, le 13 tombait un mardi. Les étoiles me paraissaient plus sérieuses. Je me suis endormie le bras autour de la taille, ça pouvait aider, je n'ai pas rêvé. Tous les matins, mon père me réveillait en partant au travail, je me rendormais après. On entend tout d'une pièce à l'autre. Je me retournais dans les draps vers six heures et demie, en me bouchant les oreilles pour ne pas entendre tous ses bruits qui tombent bien carrés, sa toux de fumeur, crache mais crache donc un bon coup, le floc continu dans les vécés, la casserole choquée contre la cuisinière, le tiroir à cuillers sous la table, coincé-décoincé, si je débouchais mes oreilles, je tombais toujours au milieu d'un bruit et je pouvais me repérer sur le moment de son départ. Au démarrage de l'auto, je replongeais. Il bosserait jusqu'au soir par cette chaleur, après tout, il ne se plaignait pas, plutôt content même depuis qu'il était contremaître, je ne vois pas pourquoi j'aurais eu des remords de coincer la bulle jusqu'à dix heures. Ça m'est venu dans mon demi-sommeil que je ne savais plus grand-chose de lui, hors de la maison. Petite, pourtant, quand il prenait le car pour la raffinerie, j'imaginais qu'il partait au bord de la mer, Le Havre, c'était toujours la mer et le sac de plage coincé entre les pieds une fois par an. Un dimanche d'excursion offert aux travailleurs de la raffinerie, j'avais vu les grilles, les tours d'acier baguées de noir à intervalles réguliers, les minuscules échelles. Les grilles me faisaient penser au chœur de l'église. J'avais eu peur, s'il tombait dans les bacs qu'il allait jauger, une mer de pétrole, et ça sentait comme sur ses vêtements. J'avais cru que tous les hommes étaient faits pour avoir des accidents, boire trop, mourir, j'avais la chance d'être une fille. J'ai eu l'impression à travers ces bêtises de même que je m'intéressais à lui autrefois plus que maintenant, raconte-moi comment c'était à la ferme de Pépé, tous les soirs, je lui demandais, et un matin que j'étais éveillée sans qu'il le sache, j'avais regardé sa chair rosée, toute blanche au bas du dos, si bizarre à cause de ses mains rouges et gonflées, je n'avais plus respiré de curiosité. Ces histoires anciennes m'ont gênée. Des images plates et inoffensives de lui, c'est tout ce qu'il me faut, s'il fallait en plus creuser tout ça, les parents, leur boulot. Il gagne bien sa vie, ouvrier, il en faut, on a appris en quatrième un poème de Verhaeren, travailleurs et tralala, mon père dit on est tous des travailleurs. Je ne me posais pas de questions. Je ne me suis jamais attardée non plus sur le fait qu'il possédait la même chose que tous les hommes, les copains, les débiles débraillés qui guettent les filles sous le vieux pont de chemin de fer, et ces dessins atroces pointés dans les gogs publics. Interdit. Je pensais dans mes oreilles bouchées qu'il m'appelait « la fille » maintenant, presque jamais Anne, et qu'on ne se disait pas grand-chose, sauf que le soir, il râlait parce que je voulais dormir avec la chatte. Ça se fait pas de prendre les

28

chats dans les lits, c'est pas sain. Tous les soirs. Il fallait que j'obéisse. Enfin il partait. Je me réveillais vers neuf heures. La matinée allait encore, me coiffer, un quart d'heure, m'habiller, une demi-heure, manger, le transistor, tout paraît frais les premières heures. Si j'entends chanter Bidule, il se passera quelque chose. Ou bien les paroles de la prochaine chanson décriront mon avenir. Ça fatigue à force et je m'embrouillais dans les prédictions. Pour finir, je me retrouvais avec ma mère dans la cuisine, t'as bien dormi, il va pas encore pleuvoir aujourd'hui. Qu'est-ce qu'elle m'avait dit d'intéressant depuis longtemps. Début juillet, j'ai découvert qu'au fond je n'avais pas besoin d'elle, sauf pour bouffer et dormir, m'acheter des affaires. Elle ne m'apprenait rien, c'est ça. J'aurais voulu qu'elle me raconte des trucs, je ne sais pas, qu'elle rie avec moi, libre, pas pincée. Il y a des profs bien, des fois, qui parlent des faits actuels, on discute après et on n'entend même pas la sonnerie de la fin des cours. A la télé aussi, les gens discutent. Quant aux copines, des heures entières on parlerait ensemble. Là c'était toujours les mêmes questions. Tu vas faire quoi ce matin, ah! bon, tu as mis au sale ton soutien-gorge que je le lave et le sèche aujourd'hui. Petite, elle faisait pareil, pourquoi les monsieurs qui jouent du tambour ont des gants blancs, ça se fait, ça s'est toujours fait, jamais la plus petite goutte d'explication. Quand les Anglais ont débarqué la première fois, elle ne m'avait rien dit, te voilà jeune fille, c'est tout, mais elle avait le petit paquet tout prêt acheté chez le pharmacien, parce que ça fait pas bien de le prendre au supermarché, à son idée. La langue ne lui arrête pourtant pas avec des voisines, des connaissances, conversations sans intérêt, qu'elle n'essaie même pas avec moi, peut-être qu'elle attend le moment où j'aurai de la conversation comme elle dit. Je ne crois pas en avoir un jour, de la sienne je veux dire. Je tournais mon sucre dans mon café au lait. Virait, briquait des bricoles, sans arrêt à foutiner dans la cuisine, c'est jamais assez propre. J'écrasais le sucre sur le bord de la tasse parce que je savais que ça l'énervait, t'as pas bientôt fini donc. Je la voyais humecter ma robe pour la repasser sur le coin de la table du déjeuner, bien serrée dans sa blouse à carreaux, le poing enfoncé dans le bol d'eau, et les doigts s'écartent sec au-dessus du tissu. Elle débranche le fer et elle continue à repasser avec la chaleur qui reste, pour économiser. Tâche de pas la salir trop vite, t'es pas soigneuse, ma pauvre petite fille. L'ordre, surtout, elle avait que ça à la bouche, cet été, peut-être avant mais je ne l'avais jamais remarqué. Comme les profs, ne mélangez pas tout, classez vos arguments mademoiselle. Je la revoyais dans la maison rue Césarine, à cette même table. Je rentrais de l'école primaire et je ne savais pas où poser mon cartable le jour où elle salait le beurre donné par le grand-père, ses mains trituraient la masse jaune, des languettes brillantes giclaient entre ses doigts et elle repétrissait, rajoutait du sel jusqu'à ce que la surface soit couverte de gouttes d'eau. C'était fini tout à fait quand elle donnait deux trois claques sur le beurre du plat de la main. J'avais des taches sur mes cahiers. Et la culotte qu'on cherchait partout le lundi matin, on en démolissait l'armoire, arrête de chialer, tu remettras la vieille, qui c'est qui le verra. Toutes ces choses perdues retrouvées un mois après derrière la cuisinière, toutes salopées. Et je jouais à la balle au mur dans la cuisine. Dans la nouvelle maison, elle avait hurlé, non mais dis donc, la peinture toute neuve. J'ai pensé qu'elle avait changé depuis qu'elle avait quitté de travailler à l'usine textile, ça doit être ça le progrès social, l'ordre, dommage qu'il n'y ait pas eu de progrès dans sa conversation. Ses remarques m'assommaient, l'école ne m'en délivrerait pas de la journée. Que la lecture. J'ai lu tous les *Femmes d'aujourd'hui* de ma mère, les feuilletons surtout, Sandra n'aimait personne, des titres pareils ça me donnait envie de lire, bien que ce soit plutôt gnangnan, mais il n'y avait rien à faire, quand je démarrais les sentiments, et on ne sait pas si oui ou non « ils » vont s'aimer, je ne pouvais plus m'arrêter. Qu'ils se jettent enfin l'un sur l'autre, ça ou la mort, qu'on en finisse. Après j'étais atrocement mélancolique, tac, terminé, il n'y a plus d'histoire et moi j'étais encore passée à côté, baisée. Maintenant je ne lis plus rien, puisque je n'attends plus rien non plus. La prof nous avait donné une liste de bouquins à lire, in-té-res-sants, je me méfiais énormément, pour avoir été refaite plus d'une fois, des trucs emmerdants au possible, et puis il fallait aller à la bibliothèque, se faire inscrire et le tremble-ment, ou bien chercher à la librairie mais on peut pas tripoter ici, ils vous font des chichis, au supermarché il n'y a que des policiers et Guy des Cars, la prof est contre. Je m'ennuyais tellement que je me suis lancée, j'ai emprunté *L'Etranger* à la bibli. Je ne me suis pas sortie du bouquin de la journée. Je m'arrêtais entre deux, je regardais autour de moi, la chambre me semblait lointaine, et je ne comprenais pas com-ment des mots pouvaient me faire autant d'ef-fet. Le soir mon père s'est mis en colère, c'était le 8 ou 9 juillet saint Thibaut, je consultais tout le temps le calendrier. J'avais fermé les persien-nes de ma chambre et quand je suis rentrée dans la salle de séjour, des bandes vertes et rouges m'ont strié les yeux, j'ai pensé à la plage, quand il tue l'Arabe. J'aurais bien voulu écrire des choses comme ça, ou bien vivre de cette façon-là, mais pour pouvoir l'écrire ensuite, que ce soit tout fait, facile à raconter et que tout le monde puisse le savoir. Mon père était en rogne, je suis sûr que t'as passé ta journée devant le poste de télé, ça puis tes chanteurs à la gomme, il était excité, un peu plus j'aurais pensé que, non, jamais plus d'un ou deux verres, il recommençait, c'est pas pour dire, mais tu sais pas quoi faire de ton corps, t'occuper. Ma mère a répliqué qu'il n'était pas là pour le voir mais je lisais beaucoup. D'habitude, il se tait, ce que je fais ne l'intéresse pas, j'aurais vraiment juré qu'il avait un petit coup dans l'aile, il a crié, les livres les livres, c'est pas une façon d'être toujours dans les livres, moi je trouve pas ça sain, elle va se dessécher, tu peux pas te promener, prendre ton vélo, je sais pas moi. Du coup elle a pris ma défense, les histoires de balades, le dehors sans but, il m'a semblé qu'elle tiquait, pourtant la lecture n'est pas son fort non plus. Ils sont drôles, ils veulent que j'aie de bons résultats scolaires, les profs disent que la lecture les favorise, mais j'ai l'impression que mes parents ne croient pas à ça, les problèmes, les leçons, oui. Il a continué à se monter dessus, je

travaillais déjà à ton âge, j'aurais pas pu rester
sur un livre des heures. Elle s'est fâchée, qu'il
raisonnait comme un sabot, tu crois que c'était
bien de travailler à quatorze ans, tu voudrais
voir ta fille en usine peut-être? Qu'elle se
repose, qu'elle lise, elle fait de mal à personne.
Toujours, pendant leurs disputes à mon sujet, je
suis gênée, comme s'ils ne parlaient pas de moi
mais d'une autre Anne, la bonne petite fille à ses
parents, ils se chicanent dans le vide au fond. En
plus, ce soir-là je me suis trouvée faux jeton, pas
la peine de faire l'innocente, je savais bien que
lire toute la journée était mou, un peu sale
même, surtout ce genre de livre, qui vous poursuit après, pas comme les feuilletons. Comme
quoi c'est dangereux la lecture, peut-être qu'ils
avaient raison, plus que la télé, à preuve ce
jour-là, après mon bouquin, ils me paraissaient
farcignoles mes parents et je leur aurais dit de
tout très naturellement si je ne m'étais pas
retenue, parce qu'on ne doit pas parler ainsi à
ses parents, trop affreux, ils sont si gentils et ils
n'ont pas tellement de moyens d'argent, il faut
être compréhensifs, je ne sais pas où j'ai
entendu cette phrase, mais dans ce cas on est
deux fois coincé si on réfléchit bien. La boucler
perpétuellement pour ne pas leur faire de peine.
Le coup de la robe à bretelles, par exemple,
c'était pas celle-là que j'avais voulue au premier

abord, et il avait fallu remercier ma mère trois fois plus que des parents qui en auraient payé plusieurs sans moufter, c'était tout à fait injuste. J'ai tout de même hasardé, qu'est-ce que vous voulez que je fasse d'autre, que lire ou la télé, t'as qu'à te trouver une petite copine pour aller à la piscine, je sais pas. Toutes les filles sont en vacances. Je mentais, Gabrielle Bouvet ne partait pas, mais je n'allais pas entrer dans le détail, c'est l'ensemble qui compte et elle dit toujours de regarder au-dessus de soi pas au-dessous si je veux faire mon chemin dans la vie. Gabrielle est au-dessous, ma mère ne la blaire pas tellement parce qu'elle lui trouve un drôle de genre, l'amitié c'est bien joli mais c'est de la gnognotte à côté des risques qu'il peut y avoir dans certaines fréquentations, qu'ils affirment. Ils n'ont pas répondu, mon père s'est renfoncé dans son fauteuil avec son Ricard, sans beaucoup d'eau, et ma mère a essuyé le blanc de la cuisinière à petits coups rapides, en faisant sa moue en cul de poule. Plus tard elle a conclu, tu voudrais tout et t'arrives au monde. La phrase qui m'a énervée le plus, j'allais avoir seize ans, ils ne se rendaient pas compte. Au souper je n'ai pas ouvert la bouche. Quand j'ai retrouvé ma chambre, j'avais fini *L'Etranger* et je ne savais pas quoi faire. J'ai collé mes yeux aux persiennes, les graviers de l'allée, quelques bouts de troènes, je me sentais spéciale et triste. La dispute avec mes parents me paraissait sans importance, c'était comme si le bouquin me coupait de tout. Je me suis assise en tailleur sur le lit, je me regardais dans la glace de ma coiffeuse, je me suis fait des grimaces à la fin, je louchais, une vraie braque, attention tu vas y rester, quelle blague, peut-être tout de même que j'étais un peu foligande, on ne sait jamais. Il n'y avait que moi dans cette maison. Au C.E.S. on s'aime pas toujours mais au moins on est ensemble, ça rassure, ça fait des points de repère. On peut pas avoir des repères avec ses parents. J'ai eu peur d'être anormale d'un seul coup et je me suis déshabillée avec des gestes réfléchis, lents, comme dans les films mais plus je m'appliquais, plus je pensais que je frimais. S'ils savaient, je l'ai toujours dit, ça monte à la tête les études les livres c'est bien joli d'aller au bac si c'est pour y perdre la santé, tais-toi tu veux donc qu'elle soit comme nous, travailler à quatorze ans, y a pas qu'elle non qui continue. Je pleurais, je ne voulais pas m'arrêter de pleurer, ça me rendait moins folle. Si seulement j'avais pu leur parler du bouquin que je venais de lire mais ça non plus ils n'auraient pas trouvé normal. Après les trucs de télé qu'on regarde tous les trois, ils disent c'est bien, c'est bête, ça n'a pas grand sens, on va se coucher demain y a de l'école. Il ferme le poste. Certainement que ça s'est passé de cette façon-là les jours suivants, j'étais redevenue comme tout le monde, c'était que de la littérature, *L'Etranger*, ils avaient bien raison, mais j'étais mélancolique de sentir fiche le camp les pensées bizarres que j'avais eues, j'aurais bientôt regretté d'être normale à nouveau. C'est-à-dire que j'ai regardé la télé trois après-midi et soirs de suite, parce que je m'ennuyais, même les publicités. Je me suis rappelée, petite, il n'y avait pas la télé chez nous, pendant les vacances je feuilletais *Femmes d'aujourd'hui* et je me racontais des histoires avec les réclames, je me bâtissais une maison remplie de tous les produits cités, j'avais une robe de La Redoute, des souliers André, ça recommençait avec chaque journal. J'avalais même des dragées contre la constipation, et il n'y avait que les trucs pour dentiers que je laissais de côté. Mais ça ne m'a pas fait tellement rire, j'ai eu honte d'aimer regarder les publicités. Heureusement ma mère a commencé de servir au *Café de la Petite Vitesse* le matin, trois fois par semaine. Sitôt qu'elle accrochait son sac au guidon du vélo, qu'elle appuyait sur la pédale en se penchant en avant, tout par la fenêtre, des fois qu'elle était longue à partir, je frémissais, chiante, chiante, ouf, j'étais prise d'un sentiment de liberté terrible, la maison à moi, père et mère out, le rêve.

Je tournicotais dans les trois pièces, sortais au jardin, dommage que ça retombait assez vite, je finissais par ouvrir les placards, le frigo, et je me bourrais de biscuits et de bouts de charcuterie, coupés en biseau pour que ça ne se voie pas. Tu vas devenir comme un tonneau. J'aurais mangé la mer et les poissons, pour passer le temps. Tout ce que j'aurais pu faire s'ils n'avaient pas été là du tout, j'imaginais le pire, mais absents une demi-journée il n'y avait pas de quoi démarrer la java. Même pas changer un meuble de place sauf dans ma chambre, on est toujours en location chez ses parents. Je fouillais partout mais il n'y avait pas de secrets, pas de lettres, d'objets cachés, les bulletins de paye et le livret de caisse d'épargne, c'est tout ce que j'ai déniché, pas intéressant, bien qu'ils n'en parlent jamais devant moi. Un jour, je me suis demandé si notre maison était belle ou non, ça pouvait aller, de toute façon je ne pouvais pas en imaginer une autre. Il aurait fallu d'autres parents. J'écoutais trois ou quatre fois de suite le même disque, parce que c'était le seul moment où je pouvais me le permettre sans m'attirer des réflexions, qu'est-ce que tu trouves à cette chanson, tu t'abrutis, ma pauvre petite fille, tu t'abrutis, je comprendrai jamais le plaisir d'entendre dix fois la même chose. Récouter, rérécouter, rétrécir de plus en plus quelque chose, arriver au point de saisir je ne sais quoi, la perfection, pas la première fois, la deuxième souvent et ensuite tout retombait, je ne voulais plus entendre cette chanson de la journée. Et l'après-midi, toutes ces voitures sur la nationale qui devaient filer vers Veules-les-Roses, les plages, de quoi en casser tout quand j'y réfléchissais. Bien avant le jour où je l'ai rencontrée, j'ai pensé à Gabrielle Bouvet, comment faisait-elle, j'imaginais qu'elle avait des copines dans son H.L.M. Moi seule. Si je la rencontrais en ville, je m'arrêterais pour lui parler, à deux il arrive plus d'événements, ce serait plus sûr que mes horoscopes qui foiraient toujours, étoiles et glace sous l'oreiller. J'essayais ma robe à bretelles, je me maquillais, je faisais des effets de poitrine. Je me rasseyais découragée d'être seule à me voir. C'est au-dehors que tout se passe, pas dans la maison. Et elle, enragée à me garder. J'irais bien à la piscine, toute seule, je trouverais des filles là-bas. Tu m'as dit qu'elles étaient parties, tu serais aussi bien dans le jardin à bronzer, en maillot de bain, personne te verrait. Elle avait oublié le voisin, parce qu'elle croit que les gosses ne retiennent rien. Il est venu me pister; le vieux sadique, pas si vieux, sa façon de sauter à grandes enjambées au-dessus de l'échalote, s'arrêter doucement et ne plus bouger derrière les rames de haricots, comme s'il sarclait toujours le même endroit, accroupi. Je n'ai pas mis mes lunettes, il pouvait bien se rincer l'œil comme dit mon père, atroce, du moment que je ne voyais rien. A la piscine, les voyeurs paraissent tout de même moins menaçants, plus autorisés en somme. Là, ses petits bruits de bêche, son piétinement furtif juste de l'autre côté du grillage, je me dégoûtais, ne pas imaginer, faire comme si ça n'avait jamais existé, bien difficile, quand un type a sorti son magasin, on croit qu'il va recommencer chaque fois, un tic. Ça m'a fait rire de penser que les parents ignoraient vraiment le nombre de sadiques, certains qui étaient parents eux-mêmes, je me posais toujours des questions en voyant leurs mômes, est-ce que, à eux... On en a tellement rencontré avec Alberte, à la cité. Ils commençaient à sortir au mois de mars les rôdeurs aux yeux drôles, comme les primevères, la petite lueur fixe, très ordinaires à part ça, un peu plus précautionneux que d'autres. Leur problème c'était leurs habits, on voyait bien, Alberte disait pet, il..., toujours à boutonner, reboutonner, trifouiller dans les poches, derrière les haies dégarnies sous prétexte de les tailler, de faucher un talus, de promener un méchant clébard. Ralentissaient tout, leurs pas leurs gestes. Qu'est-ce qu'il s'apprête à faire, ça sent la terre et le bois brûlé, je cours jusqu'à ce que les chaussures me résonnent dans la tête, lui tout au loin comme un épouvantail à moineaux, tellement heureuse d'en avoir encore réchappé pour cette fois, n'avoir presque rien vu tout en ayant failli tout voir. Je repensais à Alberte, qui n'avait pas peur ou bien à deux on se sentait fortes ou eux plus méfiants, juste, alors les poulettes ça va ti, on disait bonjour au chien, beau chien, beau, beau, donne la papatte, il riait au bout de la laisse, tention, il va vous pisser sur la jambe, si vous le papouillez, avec des yeux épouvantables. J'aurais voulu être sur le ciment de la piscine, bronzer et me baigner dans la vraie lumière. Elle ne savait donc pas ma mère qu'il était dans son jardin, le vieux marlou. C'était encore plus triste d'être toute brunie par le soleil et que mes parents seuls profitent de me voir.

Un peu avant le 14 juillet, j'ai été réveillée par des gargouillis dans la salle de bains. A la manière violente de cracher j'ai reconnu mon père. Aussitôt j'ai rabattu mes couvertures sur la tête, ça me bouleversait, j'ai peur quand ils sont malades, ils changent de visage, c'est comme si ils étaient fous. Mon dieu faites que mes parents vivent jusqu'à ce que je sois mariée, que j'aie deux enfants, ce serait moins triste. Je suis restée à étouffer sous mon drap, je pensais à un tableau dans mon livre d'histoire de troisième, un type tombé au pied de son lit, les jambes écartées. Je n'osais pas aller le voir, c'est elle qui s'occupe des maladies, ça m'arrangeait bien, c'est trop dégoûtant. La journée s'annonçait mal, j'avais suffisamment de peine à me supporter et ça changerait mes habitudes de bains de soleil. Ma mère a dit qu'il avait une indigestion, il s'était fait du mal avec de la charcuterie. Il fallait appeler le père Berdouillette pour un arrêt de travail, c'est comme ça qu'on le nomme, notre toubib, ça amuse mes parents. Il s'est levé pour dîner bien qu'il soit patraque et qu'il ne mange pas grand-chose, ça m'a agacée parce qu'il ne parlait que de son manque d'appétit, et même pas une vraie maladie où on se représente des suites horribles. Pour un pet de travers ça ne valait pas le coup. Il est venu le soir, ce vieux singe à roulettes de Louvel, le docteur. Il me fait peur maintenant, il m'agaçait seulement. Il roule en 2 CV, pas fier pour un rond, il paraît. Ce qui me dégoûtait déjà, c'était ce qui se passait entre lui, ma mère et moi. Il a mis sa main en casquette au-dessus de ses yeux pour faire l'estomaqué de me voir si grande. Il s'adresse à mes parents sur un air de moquerie supérieure et ils n'ont jamais eu l'air de s'en apercevoir. Et moi je ne sais pas quoi lui répondre, ça revient au même. Ma mère lui a dit, vous savez qu'elle vient de réussir son B.E.P.C., qu'elle va au lycée l'année scolaire prochaine, mais c'est bien ça, très bien, vous allez en faire quelqu'un de votre fille, la reconnaîtrez plus. Elle a continué en chuchotant, elle chuchote avec certaines personnes, les gens importants, avec nous, plutôt l'inverse, elle gueulerait plutôt. Vous trouvez donc pas que c'est important vous l'instruction à notre époque, comme vous avez raison ma brave dame. J'ai eu la certitude que le Berdouillette nous prenait pour des ploucs. Il a fallu en plus qu'il m'ausculte aussi, après les fatigues de l'examen, un petit fortifiant. Elle le regardait me tapoter le dos, coller sa tête sous mon chemisier relevé, m'appuyer de chaque côté du ventre, j'en avais la chair de poule malgré la chaleur. A quoi pouvait-elle bien penser quand il mettait ses doigts plutôt bas, on ne voit plus que son crâne, sa bouche serrée, sérieux sinon évidemment on le prendrait pour un cochon. Il a soufflé, ça vient bien, ça marche tous les mois la mécanique ? Je ne savais pas si c'était à elle ou bien à moi de répondre. Tout de suite, elle, ça va ça va, combien de serviettes, mais là elle a dû me laisser parler. Toujours régulier depuis le début, tout à fait normal docteur, je voudrais bien voir ça. Je déteste les toubibs, ou alors il faudrait en changer à chaque fois. Il m'a donné du calcium, à mon père des granulés. C'est au moment de manger que mon père s'est demandé ce que j'avais, de la fatigue a répondu ma mère. Point. Ma santé c'est une affaire entre elle et moi maintenant. Brutalement il a éclaté, est-ce qu'il y avait du Ricard dans l'air, JE NE SAIS RIEN MOI, on ne m'a jamais rien dit, si elle était formée, c'est malheureux tout de même! J'avais honte, j'aurais voulu m'en aller, qu'elle ne lui en ait jamais parlé depuis deux ans comment a-t-elle fait pour lui cacher le linge sale dans le panier de la salle de bains, elle qui ne voit plus depuis trois ans, je le sais moi, je fourrage partout. Elle a rougi. Il était gêné. Quelle honte de les sentir si drôles à cause de moi. Penser qu'il venait de l'apprendre, tout frais pour lui, que la nouvelle allait le travailler peut-être. Laid et gris par son indigestion. J'ai décidé de lui rendre la pareille, à elle, je dissimulerais le petit paquet colorié, j'irais le porter moi-même dans la poubelle extérieure. Faut pas te laver les cheveux si t'es indisposée. Le mot maladif, qui fait penser aux douleurs, les nausées, je me portais comme un charme. Je ne lui dirais plus rien. J'aurais voulu être en colonie de vacances, n'importe où. J'ai emmené la chatte dans mon lit, mais elle a préféré sortir par la fenêtre au bout d'un moment, elle courait, il n'y a rien à faire pour la tenir avait dit mon père.

L'impression que c'est par hasard que j'ai rencontré en ville Gabrielle Bouvet et qu'on est devenues plus copines qu'au C.E.S., je n'avais pas mes lunettes mais on était sur le même trottoir. Je préfère penser, le hasard, si je me dis qu'il n'y avait pas d'autre fille du C.E.S. dans le quartier, c'est par élimination forcée, ça changerait trop l'optique, triste pour l'amitié, et pourtant. Ses jambes de coureur cycliste, plus noiraude qu'Alberte encore, je n'ai jamais pu être copine avec des filles que j'admirais. Bref je me demande vraiment ce qui nous liait. Hors de l'école, pas facile d'entreprendre des conversations, on tombe tout de suite dans les sujets personnels, ce qui fait curieux. On a traîné ensemble devant les magasins, je me trouvais mieux qu'elle, très agréable, l'intelligence et les résultats scolaires paraissent secondaires dans des occasions. Justement des gars en vélomoteur nous ont accostées que connaissait Gabrielle, des voisins. Ils ne me plaisaient pas tellement malgré qu'ils aient au moins dix-huit ans. Gabrielle a oublié les présentations, l'un des trois m'a mis la main aux épaules, toute moite. Un autre répétait déconne pas mec et il faisait le guignol sur sa bécane. J'étais pas sûre de vouloir cette récompense-là pour le B.E.P.C. Ils nous ont demandé si on irait à la Saint-Pierre au 14 juillet. Beaucoup de filles du collège n'y mettent jamais les pieds, c'est cul la foire pour elles mais il faut bien se contenter de ce qui se présente. J'ai tout prévu, autos-tamponneuses, joue contre joue au tir, retour-retour, quelle rue la plus emmurée, la plus désolée, ou bien le vieux pont de chemin de fer, mais lequel des trois au fait. Je me suis bien monté le bourrichon. Au 14 juillet il a plu comme vache qui pisse, pour la première fois que j'allais vraiment sortir depuis le début des vacances. J'attendais que Gabrielle vienne me chercher. Je la guettais par la fenêtre, un peu humiliant, aussi je me suis mise à lire, la phrase que je lirais au moment où elle apparaîtrait sur son vélo donnerait une prédiction pour l'après-midi. L'horoscope, toujours. J'ai attendu plus d'une heure, la salope, déjà, et ma mère qui disait, elle te fait attendre ta belle copine. J'entendais au loin la musique, l'air sentait la pluie, il m'a semblé que je serais tout le temps assise comme ça, à attendre des choses foirées. Je repensais à *L'Etranger*, pourtant je n'ai tué personne. Elle est arrivée, je n'ai pas osé lui reprocher son retard, c'était pas elle qui comptait, mais d'aller à la foire, fallait rien gâcher. Au début j'avais peur de rentrer dans cette espèce de rond déchaîné, je ne sais pas ce que pensait Gabrielle, ce ne sont pas des trucs qu'on se dit, mais les garçons sont venus sur le tapis, signe que la confiance s'installait entre

46

nous, il n'y en a pas d'autres, si on ne parle pas des garçons et puis des choses sexuelles on n'est pas vraiment amies. Alberte. N'empêche que ça nous avait plutôt éloignées, elle m'en voulait peut-être de tout ce qu'elle avait osé me raconter. Me montrer. A la Saint-Pierre je n'en étais pas là avec Gabrielle. Ils nous avaient lâchées, ils préféraient aller dans un bal. J'ai été déçue. On s'est glissées dans le vacarme, j'ai décidé, tant pis, que je ne resterais pas les deux pieds dans le même sabot, comme dit ma mère pas à ce propos naturellement. On est allées aussitôt aux autos-tamponneuses, où sont tous les garçons, sans nous le préciser Gabrielle et moi. Je serais bien restée tout le temps, des types nous poursuivaient, nous cognaient de côté, on les voyait arriver, le sourire horrible triomphant dans les cliclics des tiges métalliques et ils nous rentraient dedans de plein fouet en nous faisant gicler à moitié de l'auto et eux aussi juste en même temps. C'était ce moment-là, quand ils arrivaient et que je savais qu'on ne pourrait plus les éviter tellement ils fonçaient, que j'aimais surtout et j'en criais d'avance. Après, ils nous lançaient des yeux égrillards, c'est un mot qui nous avait plu ce jour-là, un mot de bouquin, et on appelait tous les hommes des égrillards, et ça nous a liées Gabrielle et moi. Parfois on ne pouvait plus se démêler de leur voiture, déplaisant comme du temps perdu et ils croyaient qu'on le faisait exprès de s'emberlificoter avec eux, qu'on leur courait au cul, dans la poche. Je ne les regardais plus alors, trop moches finalement. C'était le choc seulement qui me plaisait et puis filer dans les trous de la piste, les gogos sur le bord, passer à ras de leurs genoux. Dès que le coinquement de l'arrêt nous cassait les oreilles, les voitures qui n'avançaient plus, un vrai rêve, et le plaisir freinait aussi, deux ou trois tours de piste avant de le retrouver. Je n'avais plus beaucoup de sous au bout d'une heure, Gabrielle non plus, moins encore même mais c'est difficile de parler d'argent, ça vient des parents, c'est lié aux parents, et on n'oserait jamais se demander l'une l'autre combien ils gagnent. On n'avait encore trouvé personne d'intéressant. De stand en stand. L'horoscope pour rire, deux francs, on a actionné la manivelle, il est tombé un papier rose, il fallait mouiller de salive un rond argenté pour voir apparaître son futur jules, celui de Gabrielle avait une tête de repris de justice et le mien avait au moins trente ans. On a bien ri, un peu jaune, de pareilles mochetés, ça laisse une sale impression même quand on n'y croit pas. Et puis la grande loterie Superstar où on n'a pas pris de billets mais un type en noir imitait des chanteurs, il vient depuis cinq ans à la Saint-

Pierre, je me suis rappelé que je le trouvais mignon, mes parents essayaient de gagner du mousseux ou une poupée. Il n'imitait plus les mêmes vedettes, il avait toujours du rouge autour de la bouche, presque jusqu'au nez, il marchait un peu voûté, entre les chansons il vendait des tickets. J'ai cru qu'il me reconnaissait d'il y a deux ans où je n'avais pas cessé de le regarder, en Charles Aznavour, Alberte m'avait dit une parole terrible, quand on aime un homme on mangerait sa merde. J'ai eu honte de moi, si on changeait tellement d'avis en deux ans, je ne pouvais rien faire maintenant, choisir personne, je n'aurais pas serré la cuillère à ce pauvre guignol. L'après-midi avançait, que des gens ordinaires à la foire, on a repéré qu'un prof, il faisait comme s'il venait juste pour voir les autres s'amuser, aurait mieux valu qu'il ne vienne pas, il a fallu mettre un bon paquet de gens entre lui et nous. On a coupé entre les roulottes, devant les seaux d'eau, c'était drôle, après on sentait mieux la fête parce qu'on en sortait cinq minutes. On a mangé des croustillons, des types nous ont suivies, c'est bon les croustillons ? J'en ai deux à la place, ils se gondolaient, on échange ? Gabrielle m'a jeté un œil en coin voir si j'avais compris, j'ai pensé que je pouvais rire alors, qu'on avait compris la même chose. Ça recommençait toutes les fois qu'on portait un croustillon à la bouche. Mais avec ces cochonneries je n'avais pas envie qu'ils nous accostent et toute la suite, est-ce qu'on parle de nos petites affaires cachées nous les filles pour attirer les garçons, et eux toujours prêts à citer leurs couilles. D'ailleurs ils nous ont traitées de boudins à la fin. On était déjà loin et je pensais à ma figure, mes jambes, ce mouvement qui est moi, Anne, ça n'avait pas de sens. Vers cinq heures on avait tourné au moins dix fois dans la foire, les derniers sous aux autos-tamponneuses pour ne rien regretter. Je ne sais pas comment on avait fait notre compte, rien que des types moches. Puis tous les gens m'ont paru laids. Le gars aux babines rouges braillait à la loterie Superstar, des femmes qui devaient faire la vie, ce que disent mes parents, dansaient en maillot. Ça sent toujours le pipi dans les foires, et les chansons retardent d'une année, ça dépayse dans le temps. Je devenais de plus en plus mélancolique mais j'aimais. Drôle de lever la tête vers le ciel quand on est pressés les uns contre les autres, j'ai pensé à Dieu, pas celui des messes et la vierge en robe bleu lessive, un qui dégouttait de tristesse, qui n'aurait peut-être pas existé. Qui nous laisse tout seuls. Comme si je n'avais plus de parents non plus. J'étais vieille d'un seul coup, ces impressions-là font vieillir parce qu'on ne les a jamais eues avant. Il m'a semblé que je comprenais pourquoi des gens écrivent, mieux que dans les explications de textes. Ils écrivent parce qu'il y a des foires pleines de bruit et que d'un seul coup ils décollent. Il a fallu rentrer; c'est terrible de quitter la foule, les disques, surtout qu'on retraverse les petites rues encombrées de roulottes. Et *no boy-friend to-day, my* cocotte Gabrielle. Je n'en aurais pas pleuré malgré tout. Je m'entendais de mieux en mieux avec Gabrielle et sortir, surtout sortir, c'est ce qui comptait le plus. Ma mère a fait un foin de tous les diables, une demi-heure de retard, il n'y a plus de jeunes filles comme il faut dehors à cette heure-là, elle m'a inspectée, heureusement j'avais remis mes lunettes. Au moins qu'elle dise, clair, ce qu'elle craint. Jamais. Même ça lui écorcherait le gosier. Mon père n'était pas dans la maison, aussi elle ne s'est pas arrêtée vite, on te permet de sortir et voilà comme tu nous récompenses. Il faut bien être parents pour se figurer qu'on rentre à l'heure pour les récompenser, c'est qu'on s'embêtait ou bien on pétoche. Elle avait gardé ses effets du dimanche, son chemisier jamais renfoncé dans la jupe et sa fermeture éclair qui descend toujours. Un supplice pour moi, cette languette rose au milieu du dos, de la chair au vu et au su de tout le monde, mais non vieille sotte c'est ma combinaison qu'elle disait, et puis le vilain geste de décoller sa jupe coincée dans les fesses et cet après-midi, dans quel cimetière, elle s'accroupit derrière le monument aux morts, regarde si il vient quelqu'un, ben dis donc j'en ai fait une de ces marées! Pour que j'accepte ses réflexions il aurait fallu qu'elle soit parfaite, ma mère, souvenirs sales. J'ai épluché des patates avec elle pour l'amignoter, qu'elle me permette de revoir Gabrielle. Le maillot jaune avait encore changé de bonhomme. Elle s'était calmée. Peur du dehors pour moi, oui, mais d'une manière vague. Elle ne devait pas se douter que si une fille va à la foire, elle cherche à se faire draguer. C'était une bonne journée. Au souper, ils ont parlé des cousins chez qui ils avaient fait un saut dans l'après-midi, toute la soirée à comparer, pour qu'ils aient arrangé leur maison aussi bien, faut qu'ils rognent sur la nourriture, avec ce qu'ils gagnent, moi je dis que c'est un mauvais calcul. Mon père était d'accord. Et les études du gosse ça coûtera. S'il continue, vaut mieux donner un bon bagage à ses enfants. Ils ont épilogué tout le repas là-dessus, pour eux il n'y a pas de vacances, ni de Saint-Pierre, toujours la tête pointée vers le métier, les études, l'avenir, comme si le présent servait à rien. A ce compte-là il aurait mieux valu pouvoir sauter à pieds joints jusqu'à l'ave-nir, ou m'enfermer pour être sûrs que j'y arrive en bon état. Ça m'est venu que c'était peut-être leur rêve de m'enfermer puisqu'ils faisaient tant de raffut pour un chouïa de retard. Le C.E.S. Rentrer. Le lycée. Rentrer. Après? Ça ne pourrait pas durer toute la vie. C'était drôle de me regarder avec eux ce soir-là, ma mère blablatait toujours sur les cousins, ils ne devraient jamais aller chez personne, ils reviennent mécontents quand ça leur paraît plus beau que dans leur maison. Il y avait seulement un cinquième des vacances d'écoulé en vérifiant sur le calendrier. Le soir j'ai pleuré.

Le train sentait le café, les sièges de skaï. J'aime bien l'odeur du train l'été, pourtant rien qu'un voyage d'une demi-heure avec ma mère pour aller à l'oculiste. Assise en face d'elle je me suis demandé si la journée se passerait sans criailleries, un truc minuscule, elle fait la tête aussitôt, fini jusqu'au soir. Je ne savais pas si j'étais contente de cette sortie en voyant devant la journée trop remplie de courses, de marche à côté d'elle, toujours à gémir que je traîne. Et puis j'avais mis une robe de l'année dernière, pas décolletée, un peu gamine, obligé pour qu'elle n'ait pas de soupçons. Ça me gâcherait tout. On s'est enfilées dans une rue à pavés gras, silencieuse. Sur la plaque, Cochet maladies des yeux. On a sonné. Je n'aime pas qu'on attende, ils le font peut-être exprès. C'était une bonne en noir et blanc. Vous avez rendez-vous avec le docteur, soupçonneuse et presque l'air supérieure, je me demandais bien de quoi. Elle nous a précédées dans l'escalier tellement ciré sur les bords que j'avais peur de mettre le pied hors du tapis. Ma mère essayait de marcher posément, de ne pas déraper, ça la foutrait mal, c'était voulu, pour voir si on en viendrait à bout sans se parterrer et la bonniche était dans le coup avec son sourire digne de sœur qui fait les piqûres. Le tapis finissait à la salle d'attente, il a fallu se lancer sur le parquet qui craquait, c'était gênant, des tas de gens attendaient dans des fauteuils. Nous aussi on a attendu une heure et demie sans moufter, juste soupirer oh la la. J'ai feuilleté tous les magazines étalés sur une table dorée aux pieds tordus. On aurait pu meubler trois pièces rien qu'avec le bazar qui se trouvait dans cette salle d'attente, des armoires sculptées, deux vitrines de statues japonaises, trois mètres au moins de rideaux en dentelle. J'étais mal à l'aise à cause du silence, les gens s'observaient. Tout était très lointain, on était les spectateurs d'un monde harmonieux, étouffé, juste des spectateurs. Pour faire la maligne j'ai chuchoté à ma mère, c'est aussi beau chez les cousins? T'es pas cinglée non, faut pas comparer, un spécialiste comme ça, il peut avoir des belles choses, ça vaut combien, elle a nagé ma mère, plusieurs centaines de mille, et puis tais-toi. Ça ne l'intéressait pas le prix, admire plutôt. Ici la différence ne la gênait pas, au contraire, ça prouvait peut-être que c'était un grand spécialiste. Les cousins du Havre par contre qui voulaient leur en mettre plein la vue, là, elle n'encaissait pas. Au fond plus la différence était grande plus elle l'acceptait. Pourquoi avait-elle choisi de venir chez ce toubib, il était fameux, il a sauvé la vue à Un tel et Un tel. Enfoncé, Lourdes. Sauf que moi je suis seulement un peu myope, ça ne valait pas le dérangement. Ton nom? Assieds-toi là-bas. Il m'a cloqué sur le nez d'atroces binocles noirs, où il jetait à toute vitesse des tas de verres, mieux ou moins bien? réponds, je ne le suivais pas, il s'est énervé, tu dois savoir ce que tu vois! Ma mère disait, réponds au docteur. C'était horrible, elle ressemblait à une gosse. Il a écrit une ordonnance. T'entends ce que le docteur dit, faut pas enlever tes lunettes. Mais c'est pour lui qu'elle parlait. Elle s'est dépêchée de farfouiller dans son sac, jamais assez vite pour payer, des fois qu'on croie qu'on n'a pas d'argent. J'étais malheureuse en sortant, je l'aurais tué ce vieux bonzot qui me tutoyait, nous avait traitées comme des chaussettes, et on n'avait pas ouvert la bouche pour se rebéquer. Je n'ai pas l'habitude de répondre aux profs ni aux gens au-dessus, d'ailleurs c'est peut-être pour ça que mes parents dégustent tout en priorité, mais elle aurait pu au moins prendre ma défense, dire qu'il fallait le temps pour essayer des verres de lunettes, et on le payait après tout. Au lieu, elle avait voulu lui plaire, gentille-gentille, ça lui ferait une belle jambe une fois au bas de l'escalier. Elle trouvait normal qu'il prenne ses grands airs avec nous, qu'il gueule, alors qu'elle me répète tout le temps, faut pas se laisser marcher sur les pieds dans la vie, faut se défendre. Contre qui? C'était cet espèce de crâneur à la gomme que j'aurais écrabouillé moi. Pas elle. J'ai bien vu qu'elle aimait se mettre dans la manche des personnalités et il m'a semblé qu'ils avaient tort mes parents, ça leur rapporterait jamais rien. Pareil avec les profs, aux conseils de classe, toujours de leur côté, il faut la reprendre vous savez si elle ne vous écoute pas, la punir. Cette tatouillée en quatrième quand le prof lui a révélé que je n'avais pas rendu un devoir, tranquille la prof, même pas elle qui s'était chargée de la baffe. Et à l'école primaire, je vais le dire à ta maîtresse, elle te punira, j'y croyais, à cette menace bien briquée pour le moindre vol de sucre. Est-ce qu'elle irait tanner les profs au lycée, j'en ai eu le cafard d'avance. La journée devenait grise.

Ma mère a senti quelque chose, faut pas t'en faire, il est un peu brutal le docteur, il a raison, faut que tu les portes tes lunettes, à quoi ça sert alors de venir, si tu crois que ça m'amuse. Jusqu'à la porte des Nouvelles Galeries. Le pire c'est que je n'ai jamais pu arrêter mes parents quand ils démarrent leurs salades. J'avais envie d'une autre robe à bretelles, bien décolletée devant et derrière mais devant tous ces rayons bourrés, je faisais tomber les cintres, je tripotais sans pouvoir me décider. Et ma mère à côté, choisis-la bien! on ne va pas y revenir, t'en as pas assez devant toi que tu ne trouves rien. Ses bonnes dispositions ont lâché peu à peu, j'étais trop indécise aussi. Dans la glace de la cabine d'essayage, je me demandais avec quoi je serais la plus désirable comme on lit dans les romans-feuilletons, plutôt pas exactement, je cherchais à ressembler à quelqu'un, Céline peut-être, et je vérifiais si le tissu me collait bien à la taille, aux seins. Impossible qu'elle puisse soupçonner mes réflexions pendant que je tournais et retournais devant la vendeuse, c'est frais c'est coquet comme robe, ou alors elle faisait signe de ne pas voir la vérité, qu'on devinerait tout sous le tissu en respirant un peu fort. La rouge. Dehors j'ai regretté la blanche. Acheter, toujours acheter, ils ont raison mes parents de rechigner, je n'ai pas été aussi contente que je l'espérais, il y a un drôle de temps mort juste quand on sort des Nouvelles Galeries, avec le petit paquet, on n'en a jamais pour son argent, ou alors il faudrait emporter dix robes à la fois, ça perdrait de son importance, je serais plus légère. Tandis que là, ça devenait déjà un drame mon achat en sortant du magasin, tu la mettras au moins, qu'elle ne reste pas dans le placard, à cause de ci et ça, et tâche d'y faire attention. Et ça ne finirait pas, un simple achat nous poursuit des jours et des semaines, on se demande si on n'a pas eu tort, jusqu'à ce que la robe soit tachée, démodée. Des choses sans importance, pourtant je ne pensais qu'à ça, obligé avec deux robes seulement, c'était démoralisant. Après, l'opticien rondouillard qui m'a flanqué une demi-douzaine de montures sur les oreilles en écartant mes cheveux, et quand elle a sorti son porte-monnaie, je ne voulais pas trop réfléchir, je me serais sentie trop coupable, on la gagne l'argent, moi non. Pauvre femme, j'avais décidé de les fourrer au fond de mon sac ses belles lunettes à vingt mille balles, la vue du porte-monnaie n'y changerait rien. Après, les disques promis. Elle a écorché trois fois de suite le nom de mon chanteur préféré, il y avait à nouveau de quoi ne plus pouvoir la supporter. Tout l'après-midi ce jeu de cache-cache entre nous deux, qu'elle me fait suer, non, pas pire que d'autres comme mère, et elle menaçante, t'as pas l'air contente tu veux toujours des choses par-dessus les maisons! ramignotée, si on se payait un gâteau? ma copine même, je sais pas si t'es comme moi, ça me fatigue Rouen, trotter d'un magasin à l'autre. Je suis restée froide. C'était loupé de toute façon parce que tous les plaisirs tournent en eau de boudin avec eux. A qui la faute. Le soir dans le train, je suis restée debout dans le couloir tandis qu'elle se trouvait une place près de la vitre. Les filets pleins sur ses genoux, la poudre par plaques, j'ai eu pitié d'elle. Quelle méchanceté de ma part. Elle avait raison. Dans *Intimité* je crois, elle avait lu l'histoire d'une gosse affreuse qui déchirait exprès ses affaires pour que ses parents aient de la peine. A table, elle avait raconté l'histoire, devant mon père, tâche de ne jamais tu entends devenir comme ça. Les yeux m'en piquaient d'horreur, j'ai volé le journal et je n'ai rien compris, sauf que la gosse en question était moi, Anne. J'avais fourré le journal dans un tuyau rouillé du jardin, chaque fois que je jouais à côté il me semblait voir les preuves de ma méchanceté bien roulées comme un parchemin jusqu'à ma mort. Ou celle de mes parents. Dans le couloir du train, des hommes me passaient dans le dos, je m'aplatissais contre la vitre, rien que des vieux. Ils me traitaient de déplaisante de plus en plus, à y réfléchir, je ne pouvais pas affirmer le contraire. J'aurais dû la remercier plus pour tous les cadeaux, une robe, des disques qu'elle m'avait payés, je ne sais pas, ça se bloquait. Avant, rue Césarine, comment que tu l'aimes, dis ta maman, grand-grand-grand, jusqu'au ciel. Et ton poupa ? Petit, petit, le pitit bout de l'ongle. Elle s'étalait de bonheur et il rigolait, ça lui paraissait bien. Le dimanche après-midi, quand elle travaillait à l'usine textile, elle était si flapie qu'elle dormait tout habillée sauf ses bas, jusqu'à cinq heures. Je dormais avec elle. Deux chiennes pelotonnées dans la même caisse. Son corps large, parfait, ses jarretelles roses qui dansaient toutes bêtes sur sa peau au moindre mouvement, la boucle de métal ouverte. Je faisais semblant de dormir. Réveillée vers cinq heures, la parole lui manquait longtemps, elle cherchait ses chaussons, puis tombait sur le trône des vécés, porte entrebâillée, odeur de javel. Je la guettais. Une ombre et tout de suite la jupe rabaissée, pas moyen de savoir à quoi ressemblait le dessin entrevu. Son corps ne me faisait pas mal au cœur. Quand je me déguisais avec sa grande robe à fleurs mauves, ça sentait la cuisine et la sueur. Quand je la regardais se débarbouiller, les bretelles de sa combinaison glissées au milieu des bras, belles jambes lisses sans poils. Je trouvais que tous les hommes étaient laids et même pas de fards sur la figure pour améliorer. Comment pouvait-elle l'aimer lui sa peau rêche et rougeaude. Ces images m'ont paru lointaines. Elle dormait à moitié sur les paquets des Nouvelles Galeries, c'était trop tard, ça ne me plaisait plus de dormir avec elle dans le creux de son dos l'après-midi, et « ça » qu'elle nomme son crougnougnous comme une bête sale, ne jamais le voir, je m'en boucherais les yeux plutôt. De me rappeler ça n'expliquait rien. Il y avait dans ces images d'elle et de moi quelque chose que je ne pouvais pas supporter. Peut-être toute l'enfance. Les examens, l'école, c'est pour aller de l'avant, je suis d'accord avec eux, ma robe neuve par exemple c'était de l'avenir, d'ailleurs si je ne l'avais pas eue, la suite aurait été différente. Mais ils ont beau parler ce qu'ils veulent sur l'avenir, les parents, c'est toujours l'enfance et l'arrière qu'ils représentent. Les trains doivent porter aux réflexions.

On était au 18 juillet, le soir j'ai pleuré de voir le temps passer et d'être jeune pour rien. L'après-midi je voyais la voisine d'en face étaler sa lessive, des mètres de linge, avec tous ses morbacks, j'ai jamais aimé les familles nombreuses, ce magma d'yeux, de ventres, et les portes qui collent aux doigts. Elle vient tâter si c'est sec en froissant chaque morceau très vite, de temps en temps elle en décroche un. Une heure après, elle revient et rafle le reste en un tournemain, avec les épingles. Elle ne me paraissait pas mieux lotie que moi la voisine sauf qu'elle ne devait pas y penser, qu'elle ne s'ennuyait pas. Je vois bien que les adultes ne s'ennuient jamais. Est-ce que ça vient d'un seul coup le temps plein, plus d'espace pour sortir la tête. Tu ne sais pas quoi faire de ton corps ma pauvre petite, quand tu travailleras! Dormait le dimanche, tellement abrutie de boulot. T'as bien le temps de savoir ce que c'est va, profite. J'ai pas encore compris s'ils aimaient le travail, je me perds dans ce qu'ils disent. Il se vante d'avoir fait les quarts à l'usine, ils ont hurlé un jour, parce que j'avais dit je n'aurai pas de métier, je voyagerai toujours et je vivrai à l'hôtel. Je ne pourrais même plus le répéter, je sortirais de la salle la tête bandée. Peut-être qu'ils bossent pour moi. Je n'aurai pas d'enfants. J'ai essayé d'inventer des choses qui ressembleraient à un travail. Le réveil à neuf heures, retaper le lit, manger, dix heures, la poussière, dix heures et quart, réviser de l'anglais, une heure. Ça faisait toc, pas moyen de prendre au sérieux ces passe-temps, même les révisions avaient l'air gratuites, la rentrée n'était que dans deux mois. C'est sûrement les sous qui indiquent qu'il s'agit d'un boulot, ou encore que ce soit utile. Ici ça ressemblait à un jeu de gosse, je jouais à l'élève de dans deux mois, à la bonne femme qui astique sa maison. Au moins ma mère est payée pour faire le ménage à la *Petite Vitesse*, pas un sou moi pour ranger ma chambre. Tout de même je retournais mes tiroirs, je triais, je jetais, fin juillet, je ne les ouvrais plus, je les connaissais par cœur. J'ai renoncé à m'inventer des boulots et des essayages de robe pour plaire à qui. Un soir poussiéreux, il s'est mis à pleuvoir des grosses gouttes, les oiseaux s'agitent toujours et pépient au début de la pluie. La voisine avait décroché sa lessive. Je ne m'ennuyais pas, j'avais envie de me raconter des histoires, à vrai dire je n'étais pas sûre d'avoir cette envie-là, les gars de l'autre jour en vélomoteur, plus loin, certains types du C.E.S. à qui j'avais pensé, tous formaient un fond doux, essoufflant. Mais pas un traître garçon réel à l'horizon, rien à perte de vue pour les vacances, et Gabrielle qui ne revenait pas. Pas la queue d'un, ma belle, rires à n'en plus finir toutes les deux, Alberte et moi, avant. C'était pas des trucs honteux que j'avais envie d'écrire, fini maintenant ces cochonneries écrites sur la page intérieure d'un protège-cahier, ces mots qu'on ne trouve pas dans le dictionnaire et que je ne pouvais pas m'empêcher de griffonner petit petit et ça me brûlait de peur en même temps. Non, tout différent, je sentais qu'il y avait quelque chose à écrire, contenu dans cette chambre, lié à ce décor, à ma vie conne, et les oiseaux qui fêtaient la pluie, et ces désirs. Comment faire, décrire la ville, le quartier, et puis moi, après, plus rien, nous ne sommes pas des personnages de roman, c'est assez visible et il ne m'arrive rien. Plus tard quand j'aurai vécu longtemps, ou quand j'aurai couché avec un garçon, je pensais alors, je saurai m'exprimer. Je voyais bien que le langage me manquait et des choses à connaître, mais je me trompais. Ma mère quelle difficulté quand elle se met dans une lettre, les cartes de vœux, un mot au prof, elle dessine des petits ronds en l'air au-dessus du papier, toc elle se lance, toute droite, les yeux baissés, elle dit qu'elle a du mal à tourner les lettres, ça réussit ou non, il faut connaître le truc. Il y a bien des modèles dans les livres, par exemple je trouvais que *L'Etranger* parlait de petites choses ordinaires parfois, mais il aurait fallu transposer, et alors ça devenait tout de suite tarte. Impossible d'écrire, j'ai bu du café au lait à quatre heures, ma mère notait sa liste de courses. Ça ne mène nulle part. Et puis j'aurais voulu aller tout droit aux choses importantes, les événements et les sentiments tenaient à peine une page. Je me fais chier ça ne s'écrit pas et c'est trop limité par contre. J'ai essayé malgré tout, et à la troisième personne, il me semblait que c'était plus tranquille, au cas où j'aurais eu des trucs délicats à dire. Au bout de trois pages, je n'ai plus eu envie de continuer, ça ressemblait à un début d'*Intimité*, une rencontre dans un train, le wagon de première, mais la fille s'était trompée de wagon, le hasard, il fallait, pour la faire aimer par un P.-D.G. Finalement, je n'avais pas de petits détails délicats à raconter, ça me barbait, je m'étais laissé entraîner par je ne sais quoi et j'étais à côté de la plaque, hors sujet, hors des mots même. Très loin de la pluie ici, des carrés de jardins, de l'histoire enfermée quelque part dans ces murs. J'ai tout froissé et puis j'ai pensé qu'il valait mieux découper en petits bouts. Si elle avait découvert mon brouillon, ma mère m'aurait tourné autour, c'est vrai ou c'est du faux ce que t'as écrit, le faux l'impressionnerait bien plus que la réalité. Se sont toujours méfiés, petite, qu'est-ce que tu fais là dis donc, je fais rien, t'écris menteuse, c'est pour rire, pas des choses d'école alors? C'était dangereux à leur idée comme de se toucher le carabi ou de faire des grimaces de dingo. Arrête tu y resteras malheureuse! Ils m'auraient demandé à quoi ça rimait, pas utile ces histoires. J'ai stoppé là mes tentatives littéraires, d'abord c'était pas le mot, je voulais quelque chose, c'est tout, et rien ne se passait. Je me suis mise à appréhender le repas du soir, le midi ne comptait pas, on mangeait sur le pouce ma mère et moi. Heureusement que j'ai toujours faim, je regardais les tomates, les œufs, pendant les premières minutes sans rien penser qu'au plaisir d'engloutir et quand l'assiette s'éclaircissait, je voyais venir les temps vides entre les plats parce qu'ils mangent lentement. Ils saucent le jus autour des morceaux, ils aspirent à travers la mie et ils replongent jusqu'à ce que le bout de pain soit tout ramolli. Mon père dit que c'est le meilleur moment de la journée. Curieux une table, et des centaines de fois les mêmes gens autour, des instants de vraie panique quand ils s'arrêtaient de parler. Je me suis demandé ce qui nous liait tous les trois, je perdais pied moi-même, je répétais Anne mais le nom tout seul sonne creux quand on ne sent plus rien autour. Des fois ils commentaient les affaires des journaux, pas les faits politiques, que les accidents, les crimes, c'est malheureux, on en voit des choses, bien qu'ils ne les aient jamais vues de leurs propres yeux. Comment ma mère si désireuse de choses bien aimait se plonger dans les histoires de bandits et de voyous. Peur qu'on nous assassine peut-être, qu'on nous vole, ils seraient mabouls ceux-là vu que toutes les éconocroques sont à la caisse d'épargne. Et encore des accidents, des estrapades au boulot, des maladies. Si vraiment il n'y a que ça d'important au monde, je ne voudrais pas vivre jusqu'à leur âge. Pendant les repas j'ai remarqué qu'ils ne blairaient pas beaucoup de gens au fond, dans le quartier ou ailleurs, juste quelques bonnes personnes égarées, à l'écart de la méchanceté générale. La voisine au linge et aux mômes collants, faisait pas bien sa maison celle-là, un autre, une vraie boisson, la mère Collet, fière, qui se croit et ça ils peuvent pas l'endurer qu'on se croie, surtout quand on est sorti de trois fois rien, faut pas l'oublier. Toujours les gens un par un, jamais un mot sur l'usine de mécanique, sur l'école, les institutions comme nous a appris le prof d'instruction civique, est-ce qu'ils se rendaient compte que ça existait, oui sûrement mais ils pensaient pas qu'on pouvait en discuter. Sur le service militaire ça a tout de suite tourné court, il en faut une armée moi je dis que celui qui fait pas son service c'est pas un homme moi je dis, d'abord de quoi tu te mêles t'en feras pas toi. Je me suis cramponnée, pourquoi il en faut un service, ils se sont mis en rogne, horrible, sans me répondre là-dessus. Avec écœurement je me suis aperçue que tout était « comme ça » pour eux, critiquer que les gens, pas autre chose. Je préférais encore quand ils la bouclaient en mangeant. Les machines ont débarqué plus tôt que d'habi-

67

tude, ça m'a occupée, j'avais des douleurs contrairement aux autres fois et je n'ai pas pu empêcher qu'elle s'en aperçoive et elle m'a dit c'est normal. Il m'a semblé que je n'aurais pas eu mal si je ne m'étais pas autant ennuyée. Je suis restée couchée sur le ventre tout l'après-midi, elle était toute gentille ma mère, des cachets et puis des journaux à elle. Je pensais à l'année dernière, puis plus loin, les mois de juillet, tous les mois de juillet, difficile à se rappeler, mais je m'apercevais que depuis quatre ans au moins, chaque année paraissait de plus en plus éloignée de la précédente, des marches de plus en plus hautes, et sur chacune une fille, moi, moche et assez conne, sauf sur la marche d'aujourd'hui. Encore heureux que l'escalier montait. Mais l'année prochaine peut-être que je trouverais minable la fille de cette année. Ça me fatiguait. Et Gabrielle ? La salope qui ne revenait pas me voir. Invisible en ville, chez elle impossible d'aller, elle aurait cru que je lui courais après, j'avais ma fierté. Elle a reparu un après-midi avec ses yeux de chat qui fait dans la braise. On ne pourrait pas se figurer le bonheur, la journée qui se retourne comme un gant, je croyais que tout allait changer. Ma mère lui a fait bonne figure, c'est par-derrière qu'elle se rattrape. Toujours le beau temps, mademoiselle Gabrielle, c'est de belles vacances. Le temps c'est un truc de vieux, ça nous intéresse pas. Elle essayait de se fourrer dans la conversation peut-être. Toujours bien aimé que j'aie des copines à condition de « rester sous ses yeux ». J'y pensais en la voyant nous coller. Voulait me mélanger aux autres petites filles au jardin public rue Césarine, joue donc avec elles, va leur dire bonjour, puisque tu vas à l'école avec, pas une raison, atroce, il fallait serrer la main d'une gamine alors qu'on se dit jamais bonjour étant gosses, on se regarde, ça suffit bien, t'es là moi aussi, point. Elle m'obligeait, je serais rentrée sous terre de honte. Et Alberte. En nous voyant toutes les deux, elle disait, si c'était un garçon et une fille ça ferait un mariage. Elle n'a jamais dû penser aux vilaines choses, la pauvre femme, c'est vrai qu'on se taisait devant elle, gênées comme des fiancés, attendant qu'elle se sente de trop et qu'elle s'attelle à son repassage. On s'est éloignées sans hâte, pour ne pas donner de soupçons, avec Gabrielle, dans le jardin, près des groseilliers et on s'est installées sur des serviettes de bain. Toutes les saletés qu'on se chuchotait, Alberte et moi, on nous aurait mises en maison de correction sur le coup, ne rien faire que votre maman ne puisse le voir, disait la maîtresse du cours élémentaire. Je savais bien que Gabrielle avait des secrets à m'apprendre, elle n'avait pas disparu pour rien depuis la

Saint-Pierre. Il lui en a fallu des mines pour se décider, causer blue-jean et pull-over, et moi ne pas avoir l'air curieux et empressé, c'est humiliant de réclamer des détails quand on a rien à offrir en échange. Elle m'agaçait à mâchouiller des brins d'herbe d'un air supérieur. Qu'est-ce qu'elle attendait, puisqu'au fond elle était venue pour ça, raconter. J'ai fait la connaissance d'un type. Le faisait exprès de me laisser longtemps en carafe. Un moniteur de la colonie, tu connais, la colonie installée au château du Point du Jour, non, si. Comme Alberte, toutes sortes de simagrées avant de. Tu vas le dire! Je te jure que non! Si tu jures et que tu mens, tu meurs tout te suite, tu le sais ça? Oui, je le jure sur la tête de mes parents. Elle me faisait baver d'attente parce que c'est pour ainsi dire mon avenir qu'elle allait me raconter. Tout ce qui arrive aux autres filles finit par vous arriver, je croyais, c'est comme les règles. J'ai réussi à faire l'indifférente, alors elle a foncé, j'ai été en moto avant-hier, une balade. Elle s'est encore fait prier. Un champ. Du foin. Elle a dit, tu sais il y a d'autres moniteurs, trois ou quatre. Le reste je m'en fichais, surtout elle avait dit il y en a d'autres. Qu'est-ce que tu as fabriqué? Elle a repris son air de chat, ça se dit pas ça se siffle, ce que je me sentais inférieure, à côté d'elle. Elle a parlé tout de même. Ma mère est venue nous demander si on goûtait, toujours son tic de se mettre dans la manche de mes copines. On en a des choses à se dire, les demoiselles! Innocente. Au moment où elle partait j'ai rappelé à Gabrielle qu'il y avait d'autres moniteurs, donc... J'aurais voulu être plus moche qu'elle alors elle ne se serait pas méfiée. Suivant elle, il y avait des difficultés, tu n'es pas aussi libre que moi, il faut que tu prennes ton vélo, une montagne à soulever. Après son départ, j'ai été découragée devant les problèmes qu'il y a pour courir les garçons, le premier et le plus difficile à résoudre étant de ne le montrer à personne. Puis je voyais ce champ, ce foin et la poitrine lâche de Gabrielle étalée sous la main de ce Mathieu. Peut-être que je n'ai pas le sens de la propriété, en imagination au moins, j'aurais bien volé l'autre main pour moi, fifty-fifty, l'une après l'autre, il vaut mieux partager que rien du tout. Si elle voulait qu'on soit vraiment copines, Gabrielle, il fallait qu'elle fasse un effort qu'on en soit au même point toutes les deux sujet garçons, le décalage n'est pas supportable. Elle avait bien trop d'avance déjà sur moi. Alberte et ses trois ans de plus, que je n'ai jamais rattrapée, me narguait, bigue bigue, avec ses soutiens-gorge, les premières ombres sur le bord de sa culotte et la petite bosse au bas de son dos tous les mois. Disparue de ma vie avant que je sois à

71

sa hauteur. J'enviais Gabrielle. Tout de même c'est ce jour-là que mes vacances sont devenues moins moches.

Là-dessus le matin du dimanche de l'arrivée du Tour de France, et mon père râlait que c'était un Belge le gagnant, on a trouvé ma grand-mère morte dans son lit. Elle habitait avec la sœur de ma mère à l'autre bout de la ville. C'était le premier événement depuis le B.E.P.C. Ma mère est partie comme une folle et on ne l'a pas revue de la matinée mon père et moi. Il n'y avait pas eu de décès dans la famille depuis très longtemps, parfois je m'étais demandé ce que ça me ferait quand ma grand-mère mourrait, il ne restait qu'elle, les autres grands-parents étant morts à l'hospice quand j'étais gosse. Il y a eu l'enterrement d'un oncle, la maison était pleine de monde, j'étais allée quand même à l'école, au cours élémentaire peut-être et j'étais heureuse d'avoir une nouvelle à apprendre aux autres, la maîtresse m'avait rembarrée, que c'était triste, il ne fallait pas bavarder et tout le saint-frusquin. Mais personne n'était triste à la maison, je n'en suis pas sûre, ils avaient dû chanter boire un petit coup c'est agréable, à moins que je confonde avec un autre dîner de famille. J'ai cherché donc ce que ça me faisait qu'elle soit morte, de ne plus la voir du tout. Difficile, elle était venue à la maison début juin pour la dernière fois, mon père lui avait dit, alors grand-mère, on pète par la sente, vous nous enterrerez tous je vous dis moi, elle n'avait pas entendu, parce qu'elle était sourdingue et ça ne m'amusait pas. Je n'ai pas eu de grosse peine mais j'ai vieilli d'un seul coup, à partir d'aujourd'hui quand je penserais à moi toute petite, ce serait parfois avec des images d'elle, elle était morte, quelque chose se fermait. On allait au cimetière sur la tombe de l'oncle et ma mère me disait, il est au ciel, tu sais il voit tout quand même, j'ai eu longtemps peur que ma grand-mère meure, elle aurait su toutes les bêtises que j'avais commises. Comme je n'avais plus ces idées, c'est avec curiosité que j'ai ressenti la journée de sa mort. Une journée un peu drôlette. J'ai fait le ménage et la cuisine à la place de ma mère, j'étais contente. Je me disais aussi que je pourrais peut-être filer en douce au milieu de l'agitation, les catastrophes ont du bon. Je pensais aux types de Gabrielle, et re-ma grand-mère, ça se mélangeait et c'était un peu gênant parce qu'il n'y avait aucun rapport entre les deux. J'ai cherché qui logiquement devrait mourir après ma grand-mère, mon oncle Jean sans doute, mais il n'avait que cinquante-huit ans. Il y avait un souvenir qui ne me quittait pas, je la voyais toujours de dos devant sa cuisinière, c'était du lapin à la crème, dans le cellier on jouait avec la

73

peau et les pattes coupées avec des filets de sang dans les poils. J'étais heureuse et mélancolique. Ma mère est revenue, j'avais cru qu'elle serait retournée comme elle dit, erreur, elle ne pleurait pas une goutte, elle a soupiré, avec des yeux luisants comme Gabrielle, c'est fini. Au repas, elle a raconté que c'était elle qui avait fait la toilette, mis le chapelet aux doigts, le curé avait trouvé tout impeccable. J'avais mal au cœur. Mon père à dit qu'il irait rendre les derniers devoirs à la grand-mère, ma mère a jugé que c'était pas la peine que je l'accompagne c'est pas des choses pour les jeunes. Craignait que je gagne malheur, cette expression de ma grand-mère quand les enfants et les jeunes filles voient des choses qu'ils ne devraient pas voir. Ça m'arrangeait, je préférais ne plus me rappeler que ma grand-mère de dos dans l'odeur du beurre roui. Une mort subite on pourrait croire qu'il n'y a pas beaucoup à raconter, total ma mère a passé le lendemain en conversations là-dessus avec des voisines. Par moments ça tournait au roman policier, comment elle l'avait trouvée, le bol de café au lait vidé, elle avait donc mangé, elle s'était recouchée, c'est bien simple elle était encore chaude, elle dormait vraiment comme si elle dormait, le drap rabattu jusqu'au menton. Les gens attendaient l'explication réelle, il n'y en avait pas. Ma mère cherchait encore des détails, elle concluait, je sais bien qu'on est pas éternels, elle a pas souffert c'est toujours ça. Plusieurs fois elle s'est essuyé les yeux avec le torchon qu'elle tenait quand la voisine était venue lui tirer les vers du nez. Tout ce débagoulage m'a horripilée. J'ai constaté qu'il y avait de moins en moins de rapports entre la manière que j'avais de ressentir les choses et ce qu'elle disait. Je ne sais pas si elle aimait encore ma grand-mère, à quel âge c'est moins douloureux de perdre sa mère, puisque de toute façon il le faut bien. Je me suis dit qu'à quarante-huit ans, l'âge de ma mère, ça devait mieux passer, que donc ma mère en rajoutait pour la galerie. Il y a eu plein de vie brusquement, comme le jour de ma communion, des matelas par terre pour la famille qui resterait à coucher. Tout le monde m'a trouvée bien avec mes nouvelles lunettes. Ma grand-mère est passée au second plan pour tous, c'était une occasion de se rassembler. Tourbillon jusqu'à la messe d'enterrement. Je n'y suis pas allée, il fallait quelqu'un pour surveiller le rôti de veau qu'on mangerait le midi. Et je n'avais que des robes voyantes, ma mère n'a pas jugé utile de faire les frais d'un deuil pour une messe. Mes oncles et mes tantes disent les mêmes choses que mes parents le soir, au souper, le travail, le loyer, les traites, ça partait dans tous les sens, et ils mangeaient de la charcuterie. Je les ai trouvés encore pire que mes parents. Mon oncle Jean racontait qu'un type s'était foutu bas d'un échafaudage, méconnaissable. Il n'y avait pas de cousins de mon âge, juste une môme de douze ans. Je regrettais que ma tante Monique ne soit pas là, à cause de mon cousin Daniel qui l'aurait accompagnée. Ma mère a démarré, vous avez vu, personne s'est dérangé de chez Monique, et elle, croyez-vous, quand on a pas le respect de ses parents on vaut pas cher, marchez. Pas une fleur sur le cercueil de sa pauvre mère. Tout le monde s'y est mis, on mangeait le veau. On a beau pas être des richards on a sa dignité. Ils ont parlé de Daniel, une vraie tête brûlée, qu'il avait, attention, déjà fait trente-six métiers, plus une bagarre dans un bal, et qu'il éclusait pas mal. Je me suis rappelé qu'il prenait des cours de karaté, ou du jiu-jitsu par correspondance, et puis un livre qu'il avait, comment réussir dans la vie en vingt leçons. Il avait des tas d'illusions, il s'agitait comme un pou dans une gale pour s'en sortir, de tout. Vidé du C.E.T. à dix-sept ans. J'avais été amoureuse de lui à quatorze ans. J'ai bien vu que c'était plus possible avec tout ce qu'ils lui passaient, j'en ai eu les larmes aux yeux, ça m'arrive tout le temps maintenant quand je vois des trucs moches, on a l'impression que c'est le hasard, on n'y pourra rien changer. Daniel était vraiment mal parti, ça m'effrayait d'y penser, tourner de travers, est-ce que ça arrive d'un seul coup, comment reconnaître les signes, l'acte qui vous fait bacuner du droit chemin dans le mauvais. Ils disaient que c'était la faute aux parents, qui n'avaient pas assez corrigé Daniel. J'en restais bleue de voir comme ils étaient tous d'accord, qu'ils pensaient tous de la même façon là-dessus. Le plus marrant c'est qu'ils se sont mis à se disputer sur des détails, est-ce que Monique avait demeuré oui ou non huit ans au Havre, rue Eyriès, six ans mais non pas tant que ça, attends, bouge pas, sept ans. Il fallait le temps, là, pour se faire une opinion, que la vérité éclate. Ils se perdaient dans des détails de plus en plus. Ma grand-mère était passée à l'as pour le coup. Rien ne m'intéressait plus, dire que j'avais pu aimer les repas de famille étant gosse, les assiettes de gâteaux, les chansons, la gabegie avec les cousins dans la cuisine, mais quand on est gosse on n'écoute pas les paroles, à peine si on les entend, juste un fond. Je ne pensais qu'à sortir de table, Gabrielle, la salope qu'est-ce qu'elle. Et eux, c'était fou, ils tournaient en rond à la recherche de je ne sais quoi, machin ça va, et truc je l'ai rencontré au supermarché, comme si tous ces détails étaient importants, qu'ils les mènent quelque part. Et le café, et la rincette et la surrincette. Qu'est-ce qui me reliait à eux. Encore le trou. Enfin ils se sont levés pour se dégourdir les jambes au jardin. Trop tard, les légumes étaient soulignés d'un cordeau d'ombre, comme le jour du B.E.P.C., l'après-midi s'était passé sans que je m'en sois aperçue mais là ça ne servirait à rien. Rien de pire qu'une sortie de gueuleton, mes oncles s'éparpillaient dans l'allée au-dessus des haricots, mes tantes avaient leurs robes froissées aux fesses, c'était moche et vieux. Avant j'aimais les jours où il y avait fête pour nous et pas pour les autres, privilégiée en somme. Le soir de l'enterrement j'ai été soulagée au contraire, que ce soit fini, ils m'ont bécotée, bon au revoir Anne travaille bien au lycée, ça serait bien que tu sois institutrice. J'avais trop mangé avec tout le monde, et bu du cherry. Mes parents ont dit pas la peine de souper on a encore le ventre plein. C'est toujours ainsi les soirs de fête, mais je me sens sale et lourde. En plus, je pensais que j'avais encore perdu une journée, Gabrielle filait devant et moi j'écoutais mes tantes comparer les prix des légumes. S'il n'y avait pas eu cette inhumation et le dîner après, peut-être que je n'aurais pas été aussi pressée de. Elle est morte au bon moment, ma grand-mère. A sept heures il faisait soleil encore, ils ne regardaient pas la télé, tout de même pas le jour de l'enterrement, ils remettaient de l'ordre et pendant ce temps-là j'ai mal fini ma journée, un peu plus un peu moins, et après je dormirais dessus, le soir au moins ça laissait moins de remords, si Dieu existait et qu'elle voie tout de là-haut ma grand-mère, elle ne reviendrait pas dire ce que j'avais eu envie de faire le soir de son inhumation, que j'avais fait, parce qu'une fois qu'on en a l'idée on ne revient plus en arrière. Ç'a été ma façon à moi de l'enterrer.

Le lendemain ma mère a travaillé à la *Petite Vitesse*. A deux heures je me pointais à l'immeuble de Gabrielle. Sa mère déballait des commissions, elle, elle tournicotait sa cuiller dans son café, ça grinçait, je l'ai détestée. S'il y avait eu un autre moyen pour connaître des garçons intéressants, je m'en serais bien passée de l'amitié. D'ailleurs j'ai toujours pensé que c'était du provisoire en attendant mieux, à l'école primaire qui n'était pas mixte, j'avais changé intérieurement certaines filles en garçons. J'ai oublié de dire que ma grand-mère était décédée. Je regardais l'appartement de Gabrielle, un milieu simple comme chez nous mais des objets tout différents. C'est drôle d'être dans la maison des autres, pire encore les parents des autres. Je préférais encore ma mère à celle de Gabrielle, les mères des autres sont toujours déplaisantes, longtemps je me suis demandé comment les copines ne se rendaient pas compte que leur mère était moche. Là c'était surtout d'imaginer la même intimité entre Gabrielle et sa mère que moi avec la mienne qui me répugnait, il traînait quelque chose de maternel sur sa figure, sa manière d'être assise sur une fesse, de traviole, un coude sur le formica. Elle paraissait gênée par ma venue, moi aussi, et sa mère continuait à déballer des boîtes de pilchards, du jus de pomme dont j'ai horreur. Qu'on sorte, vite, de ce décor, qu'on se retrouve presque égales, comme à l'école où on dirait qu'on n'a pas de famille, pour les profs, ils disent « les parents » de même que « la société », « le travail », quelque chose de très vague qui ne les concerne pas. Elle devait avoir ses antennes vis-à-vis de sa mère, Gabrielle, savoir quand on pourrait ou non se tailler ensemble, il fallait que j'attende, tu viens me chercher pour la piscine, clin d'œil, attends que je prenne mon maillot. Une demi-heure après, on était sur la route nationale, à l'opposé de la piscine. J'avais enlevé mon chemisier dans le garage à vélos de l'immeuble, pour n'avoir que des bretelles sur la peau. Je comptais retirer mes lunettes juste avant le château de la colonie, il valait mieux les garder pour faire du vélo, superstitieuse, si je m'étais cassé la figure parce que mes parents ignoraient ma balade. Peur oui, on m'aurait dit que le vélo pédalait à reculons que ça m'aurait presque soulagée, mais il fallait que je fasse des choses dont j'avais peur, sinon valait autant rester à la maison, dans le giron de ma famille jusqu'à la rentrée scolaire, autant mourir. Je ne savais pas vers quoi je filais, comme dans les romans-feuilletons, et même dans *L'Etranger*, je me souviens, il y avait écrit, c'était comme quatre coups brefs qui frappaient sur la porte du malheur, mais je ne pouvais pas me le dire puisque je ne me doutais de rien, de savoir la suite maintenant ça me fausse tout.

Ils étaient cinq dans l'herbage de la colo, cinq monos, deux filles, j'ai appris qu'ils attendaient la fin de la sieste des mômes. Le calcul a été vite fait, restait trois gars, car les monitrices devaient être déjà servies. Gabrielle avait Mathieu, j'avais donc encore le choix entre deux monos, mais lesquels, c'était passionnant. Je vivais. Ils y allaient fort, tous, en allusions sales et des histoires, j'aurais bien été mal à l'aise mais je voyais les deux monitrices écouter et rire tranquillement, Gabrielle aussi, preuve qu'elles trouvaient toutes ces cochonneries naturelles. Leur attitude m'a rassurée, j'ai cessé de rougir et même j'ai ri à une chanson qu'ils braillaient, les filles accompagnaient de la la la. C'était joli. Quelquefois j'ai envie de la fredonner, quoique ça ne me fasse plus beaucoup rire. Maman qu'est-ce qu'un pucelage, c'est un oiseau mon enfant, un oiseau qu'on met en cage, jusqu'à l'âge de quinze ans. Je me délivrais de ma peur peu à peu, au début je les avais trouvés vieux et laids, tous plus de dix-huit ans, et les gens en groupe me paraissent toujours laids. Je m'habituais, mais je ne me voyais encore avec aucun d'entre eux. Un chien roux et blanc rôdait autour de nous, il paraissait malade, plusieurs fois il est allé faire ses besoins dans les herbes, il y a même eu des plaisanteries. Je m'accroche à quelque chose d'un peu sale qui s'est passé à ce moment-là, avant que tout commence, je regardais le chien et je ne savais pas qu'en septembre je reviendrais dans l'herbage et rien qu'en voyant la merde séchée qui disparaîtra sans doute avec les pluies de cet hiver, je me dirais qu'une chose était finie de toute ma vie, effrayant. Aussi pour moi le premier jour c'est le chien malade. Le deuxième, ma mère ne travaillait pas à la *Petite Vitesse*, il a fallu oser. « Je vais chez Gabrielle », guetter sa trombine quand j'ai eu prononcé cette phrase. Elle ne s'est pas méfiée, juste, tiens tu lui causais pas avant, maintenant vous êtes toujours collées. J'ai été prudente. Se faire une tête normale, un peu grise, l'air de dire j'y vais chez Gabrielle parce que je sais pas quoi faire d'autre sinon, pas trop montrer d'attachement à la copine non plus, elle aurait été jalouse. Gaffer le plus aux habits, ça ne pardonne pas, le moindre doute sur l'usage d'un décolleté, d'un jean serré. J'ai attaché mes cheveux, mis un chemisier sous ma robe à bretelles, l'ancienne, et fouette cocher avant qu'elle n'ait vu la noirceur de mes cils et le mauve de mes paupières. Surtout pas d'eau de Cologne qui donnerait l'alarme. Prendre le biclou tranquillement, qu'elle me suivait sûrement des yeux dans la cuisine, marcher comme une gosse, sans chichis, en cachant le plus ma poitrine et mes fesses, qu'elle ne voie aucun changement dans mon corps depuis l'année dernière. Je portais fièrement mes lunettes. La fixer sur les dangers de rouler à vélo, fais attention, arrête-toi bien au stop, oui, je descends même, bon. Tant qu'elle n'a peur que de la route, il n'y a pas de pet. Cette fois, assis dans l'herbage, Gabrielle à côté de Mathieu, ils ont discuté politique, je ne comprenais pas grand-chose, mais j'étais contente, pour une fois que j'allais apprendre, en dehors de l'école je veux dire, où ça rebute d'entendre que des trucs à apprendre, rien d'autre, pas la moindre histoire salée, que de l'utile. La vie te dressera disent mes parents, ça leur évite de m'apprendre quoi que ce soit. Là j'écoutais presque sans penser que c'étaient des garçons et qu'il y a toujours des intentions derrière les paroles dans ce cas.

Mathieu a piqué le livre que Gabrielle avait emporté, paraît que l'auteur était facho, qu'est-ce que ça voulait dire, enfin il entubait la classe ouvrière. J'avais lu le bouquin de Gabrielle et je n'avais rien remarqué. Si c'était vrai, le Guy des Cars en question savait y faire, on n'y voyait que du feu, d'abord, j'ai répondu à Mathieu, il ne parle jamais des ouvriers, tac. Justement c'était la preuve, retac. Je ne savais pas discuter mais je ne l'ai pas cru au début, Mathieu, comment imaginer que personne ne nous ait jamais avertis sur ces livres, même ma mère ne se méfiait pas. De toute façon ça m'a paru fort de café qu'il y ait un rapport entre un malheureux bouquin et le travail de mon père à l'usine. La politique, ça m'a intéressée et j'ai essayé de suivre. Chez moi, on n'en parle jamais, mon père est syndiqué mais il n'y a pas de politique dans son syndicat et ma mère est ferme, pas de ça sur le tapis, sinon c'est la bagarre. J'ai perdu les pédales de la discussion quand on a parlé des Arabes et d'Israël, alors que je croyais être calée sur ce sujet, les détournements d'avions, les otages et les terroristes, j'avais suivi à la télé tellement je m'ennuyais ces vacances. Ça m'a humiliée, j'ai eu l'impression d'avoir tout compris de travers ou bien le type de la télé nous racontait des bobards. Mais je trouvais l'aventure excitante, je n'étais pas venue pour des discussions, et je m'apercevais que ça corsait tout, même il me semblait que parler ensemble servait à faire son choix par en dessous, les yeux parfois, et bien malin pour deviner lesquels allaient déjà avec les monitrices car je ne voyais pas de différence dans la façon de me regarder d'eux tous. Même Mathieu. Rien d'autre le premier jour.

En août les congés payés de mon père ont démarré. J'ai ça en horreur, les vacances ne leur réussissent jamais ou bien c'est le mois d'août, la chaleur, c'est comme un grand dimanche et ils se font suer, alors ils deviennent atroces. Il ne se passait toujours rien. Pourtant j'avais trouvé des prétextes pour sortir tous les aprems. Piscine avec Gabrielle, courses avec Gabrielle, tout avec Gabrielle, non malheureusement, je savais ce qu'elle faisait le soir vers six heures quand je rentrais, et quelquefois je lui regardais les formes sous le chemisier, comme ça en pensant à certaines choses qu'elle devait laisser faire. Voilà le début, la veille du début, je voudrais ne plus bouger de cette veille. J'en avais marre des chansons et des conversations dans l'herbage, savoir aussi où j'allais mettre le pied, ces gars tellement plus vieux que moi, je ne savais plus de quoi j'avais envie. Mais justement ma mère avait sa bobine des mauvais soirs, la peinture de la porte d'entrée était écaillée, qui c'est qui, on peut rien avoir de bien sans que. Ça m'a enlevé toute hésitation, l'impression que je ne peux bien la punir qu'en cavalant. Je ne crois pas que ça pèse bezef d'avoir les pieds sous la table, tranquille, entre ses parents, et l'enfance derrière soi, face à un sentier qui suit un herbage, qui s'ouvre, un vieux pont où je m'appuyais déjà couverte d'un visage indistinct. Rien qui pèse, ni même un zéro en maths. Le bac peut-être, c'est seulement à ce moment-là que je pourrai le dire. Il n'y avait plus que Mathieu et une espèce d'escogriffe qu'on appelait Raton, le tout poilu. Les monitrices n'avaient pas les goûts perdus, il me restait le plus laid et j'avais déjà dans la tête tout ce que Gabrielle dirait de lui. C'est moi qui ai proposé d'aller jusqu'au pont de chemin de fer, que c'était impressionnant, et le sentier s'est bien ouvert, mais au bout où en serais-je, je n'entendais plus les autres, à côté de moi, il y a eu Mathieu. La panique. Je voudrais la sentir encore cette peur de l'impossibilité de reculer. Fini maintenant. Gabrielle, tant pis, chacune pour soi. Il paraît qu'on ne doit pas se laisser faire comme une chose, et ils nous avaient troquées dans notre dos, des vraies chaussettes. C'est Mathieu lui-même qui me l'a appris, que je m'étais comportée comme une chose, mais après. Pour moi ça n'a pas eu d'importance, au contraire, le Raton ne m'emballait pas, et puis la première fois, il y a trop de ramdam au-dedans pour faire attention à la tête du client. Toute l'enfance comme une traînée de poudre jusqu'à ce moment, en avais-je assez rêvé, Alberte, un soir on s'est embrassées en éteignant la lumière de sa piaule, l'illusion, l'angoisse devant ce qu'on allait découvrir, que ses lèvres pincées, froides, aussi peur que moi. Rien. Le seul jeu où on n'a jamais pu croire que c'était vrai. Et ces promenades dans la cour pavée de l'école primaire, et sous les tilleuls du C.E.S., où les garçons apparaissaient comme un grand rêve qui me sortirait de ces bras de filles qui sont pareils aux miens, et qui m'accrochent aux récrés. Noms des grandes filles que je trouvais belles, je les écrivais sur les murs rue Césarine, elles avaient douze ans et moi sept. Du provisoire, toujours, rien que du provisoire, sinon, peut-être que je n'aurais pas eu peur de toucher Alberte, que j'aurais aimé. Et tout ce qu'on a dit pendant dix ans, tout le temps, d'abord que ça se faisait avec le doigt, léger, ça laissait évidemment beaucoup de liberté face aux hommes et d'un emploi facile en plus. Se savoir cloutée ensuite et perdre mon image plate pour un creux qu'on ne voyait même pas, quelle étape ensuite mais je n'ai reculé devant rien et j'ai assemblé peu à peu tout le puzzle des parties du corps, patiemment et leur usage. J'ai eu

longtemps des cases manquantes, heureusement
qu'Alberte avait tout un sac de devinettes plus
claires qu'un dico médical, la plus petite gare de
France, ma vieille, un seul voyageur y entre, les
ballots restent dehors, grouille-toi de trouver.
L'avenir était un grand lit où on avait les jambes
en l'air à longueur de temps sous des garçons
très doux. J'allais barbouiller tous ces souvenirs,
quitter mon grouillement imaginaire et le
monde des copines, un peu gluant, Alberte, dix
ans, la cabane à outils. Et puis les mains qui
sont toujours moi. On marchait avec Mathieu
mais je ne prévoyais rien, à l'exception des
lèvres et des bras, comme dans les livres et les
films. Et tout le rêve qui fiche le camp, la vraie
peau rêche de ce garçon, sa montre qui m'accrochait l'épaule, l'odeur, le réel-réel c'est terri-
fiant. Je ne savais pas quoi faire, dans tous les
sens. J'étais bien seule, Alberte, Gabrielle disparue avec l'escogriffe, elles m'ont tout appris,
mais il n'y avait plus que moi, du souffle.
Peut-être qu'on est toujours spectateur la première fois. Pourquoi la seule chose qu'on ne
prévoit pas c'est la brutalité des garçons, l'ab-
sence de doux, tous mes rêves avaient été mous.
Il me serrait trop fort. Ça ne collait avec rien, ni
les romans des journaux de ma mère, ils s'étrei-
gnirent fougueusement, ni la poésie du livre
d'explications de textes, un soir t'en souviens-tu,

88

nous voguions en silence. Je pensais à Daniel, mon cousin, et puis le surveillant du C.E.S. que je regardais fin juin. Tous les hommes d'un seul coup, je le tenais le grand secret, même s'il n'y avait aujourd'hui qu'une bouche et des mains sur mes bretelles, les jeunes, les vieux le monde entier et moi aussi dans le rond. Un peu simple pour un secret. J'ai senti que j'étais du côté des grandes personnes depuis cet après-midi-là. Mais qui parle, qui se souvient, Anne de ce moment, ce sont des choses qu'on se dit seulement longtemps après, Anne d'aujourd'hui, autant dire personne. Continuer. On s'est assis sur des souches au bord du sentier qui s'effaçait parce que je n'avais pas mes lunettes, et on s'est mis à discuter, pas du tout de ce qu'on venait de faire, qu'on faisait, mais qu'il était heureux, et des vacances, de la colo, de ma peau, des arbres qu'il ne faut pas couper, de Gabrielle, ça m'intéressait, que pensait-il d'elle, et il me touchait mais qu'un peu la poitrine. Je n'aurais jamais pensé qu'on puisse ainsi parler de trucs sans lien, des bêtises et du sérieux, dans une telle liberté. J'ai bien vu que pour parler vraiment, en confiance, il fallait commencer par s'embrasser et se toucher, pas l'inverse. Mais c'est lui qui se confiait le plus, je me taisais parce qu'il était plus vieux, qu'il avait son bac et d'autres choses, que je me laissais embrasser pour la pre-

89

mière fois. De l'avoir piqué à Gabrielle me paraissait déjà beau. Ses yeux très bleus, ses cheveux blonds et longs, des fois, je pouvais retrouver les romans de *Femmes d'aujourd'hui*. J'ai crié, si ma mère me voyait, il m'arrivait de chuchoter ça en riant avec Alberte en me mettant la main sur la bouche. Mais c'était plutôt un cri de victoire, d'abord elle servait à la *Petite Vitesse* la pauvre femme, pas de danger qu'elle me surveille ces jours-là, et ça montrait que j'avais osé, que je lui disais crotte, un cri d'émerveillement en somme. Il m'a dit que j'étais gosse de mêler ma mère à ça, j'étais libre-et-seule-concernée. Il essayait de déboutonner ma robe dans le dos. C'était juste ce qu'il disait, libre, mais il m'a semblé que ça ne pouvait s'appliquer à moi que plus tard, à dix-huit peut-être. Il ne se rendait pas compte, Mathieu, je serais arrivée chez moi ce soir la bouche en cœur, je sors après manger, je ne sais pas à quelle heure je rentre, donnez-moi une clé, quelle tronche à tous les deux. La liberté en grand, c'était pas si simple qu'il le proclamait, à quinze ans et demi quand on ne gagne pas encore comme dit mon père, sans préciser quoi mais c'est pas la peine, pour eux ça ne peut être que de l'argent. La sieste des gosses allait finir, il fallait revenir avec Gabrielle et son zig. Il appuyait de tout son corps sur moi contre l'arbre, j'ai cessé d'un seul coup d'être spectatrice, c'était comme le corps qui monte à la tête. Ces mots à double sens, qu'on n'osait pas employer du tout à cause du sens sale justement, bander, frotter, ils sont venus en moi mais ils n'étaient plus honteux. Ils le sont redevenus plus tard quand j'ai raconté à Gabrielle, je n'avais pas beaucoup d'autres mots. Pour l'instant elle tirait le nez, Gabrielle, juste une phrase, les dragueurs je les laisse à qui en veut, si bien que je ne lui ai pas dit un mot jusqu'à sa maison. J'avais besoin d'elle pour sortir, je n'ai pas cassé les relations, ce qu'ils nous obligent à faire les parents sans qu'ils s'en doutent. Ce premier retour à la maison, après, on ne peut vraiment pas se comporter normalement, ouvrir la barrière du jardin comme les autres jours, faire comme si aujourd'hui ressemblait aux soirées de gosse d'il y a quelques années. Il avait dit Anne, je me répétais, Anne, le plus beau, c'est toujours ce qui vous ramène à des trucs déjà lus ou vus, Anne, d'une certaine voix, un film peut-être. Il a bien fallu revoir mes parents, ma mère a levé sa tête au-dessus de sa sauce. J'aurais voulu coucher ailleurs, chez une copine, quelques jours, ne pas être obligée de cacher tout. Pourquoi faut-il toujours rentrer. Au cours préparatoire, un jour après l'école, je me suis posé la question, pourquoi rentrer là et pas ailleurs, cette famille, pas une autre, mes pieds, le trottoir, les maisons rue Césarine, parce que les chiens et les poules ne se trompent pas et qu'il faut faire comme eux ? mais enfin pourquoi moi et eux, mes parents plutôt que d'autres. Je ne savais pas encore la naissance, le sang, le lait, tout ce qui m'a ensuite renfoncé la question. Là, c'est revenu. Si j'avais pu tout leur dire, je n'aurais pas eu ces idées bizarres. Mon père lisait *Paris-Normandie*. J'ai filé dans ma chambre et j'ai tout repassé. Plus de partage possible avec Gabrielle, c'est seulement dans l'imaginaire qu'on se coupait un garçon, toi le haut moi le bas, Alberte. Au souper ma mère a beaucoup mangé, elle se plaignait, mes jambes mes jambes, pour emmerder mon père pendant qu'il était en vacances. Elle a des rides dans les joues, elle m'a paru très vieille, quarante-huit ans. A cause de la mort de ma grand-mère, elle évitait encore les teintes claires. Il y a longtemps qu'on ne se bécote plus pour le plaisir elle et moi plus que des obligations, quand on se sépare pour un bout de temps et comme ça n'arrive presque jamais, trois ans peut-être que je l'ai embrassée. Quelque chose d'autre encore finissait entre ma mère et moi. Comment lui dire, inimaginable, se vante d'avoir été sérieuse, même qu'elle était en usine, j'avais ma moralité, j'aurais pas voulu qu'on m'appelle un cul sans mains, qu'elle racontait et ça me faisait rire rien qu'à me représenter le tableau. En me déshabillant j'ai découvert une traînée de vert sur ma robe, quelle suée s'ils l'avaient vue, comme il faudrait gaffer à tous les signes et bien remettre mes lunettes cent mètres avant la maison.

Ramies, Gabrielle et moi, il a bien fallu, elle aussi avait besoin d'un alibi pour les escapades au Point du Jour. Ah si tu pouvais sortir le soir, Mathieu réclamait, impossible, il fallait mettre les bouchées doubles. Un autre après-midi, deux ou trois jours s'étaient passés en discussions et tâtonnements, on est allés jusqu'au pont de chemin de fer, sous la ligne, on disait avec Alberte. Il faisait vert là-dessous, plein d'escargots durs couleur des pierres et on restait bravement au passage d'un train, le monde s'écroulait, Alberte disait que seuls les cinoques se promenaient par là, un muet avec sa carabine, un fou qu'il aurait fallu enfermer. Je n'ai pas rencontré le muet, il n'est pas passé de train, avec Mathieu je suis ressortie sur la lumière d'un champ d'avoine. On marchait juste pour faire une coupure entre les arrêts et puis j'avais peur de m'asseoir et de rester longtemps au même endroit. Mais un champ. Je ne sais pas si j'aurais dû laisser faire aussi vite, je n'ai jamais bien connu le code, la morale ça s'apprend sur le tas du moins pour moi, parce que mes parents ne m'ont rien appris. D'autres filles ont peut-être plus de chances, elles décident quel jour elles flirteront, baiseront, tel âge, tel type, carré, c'est sûrement ce qui m'a manqué, mais pourquoi cette différence. Mathieu disait que tout était naturel. J'ai pensé à une publicité dans un journal chez l'oculiste, le soutien-gorge Lola supprime le cauchemar du séducteur, s'ouvre d'un geste par-devant. Mais c'était pas si naturel que ça. Il ne restait plus qu'une demi-heure, toujours à calculer à cause des mômes de la colo aussi. La panique quand il a pris ma main, c'était trop vivant ce que j'ai senti. Je pensais aux vécés municipaux, les signatures partout, Titi le gros baiseur, Bébert la bite à l'air comme dans les églises les ex-voto, pas morts là, tous plus vivants dressés les uns que les autres, une manière de dire bonjour aux filles qui se hasardaient, je ne pouvais plus faire pipi devant ces hiéroglyphes énormes. Tous des obsédés sexuels. C'est un avis qu'on a de loin, de tout près je ne l'ai pas pris pour un obsédé, Mathieu, seulement pour rien au monde je n'aurais regardé même si j'ai accepté ce jour-là de connaître enfin le format réel de ce que j'avais mal imaginé. Maman qu'est-ce qu'un pucelage, j'ai su tout de suite que c'était surtout la peur de cette chose énorme. Je me doutais qu'il faudrait tout craindre quand je l'aurais apprivoisée à force de la voir et de la toucher. Quand je ne m'imaginerais plus transpercée, massacrée par « ça » monstrueux dans ce que je sens encore si petit et fragile, touche pas t'aurais des bibis, c'est précieux le carabi. Mais déjà ça se dégonflait dans les mains comme les ballons autrefois du marchand de chaussures, tout bêtes, et ça me rassurait un peu. J'ai dit à Gabrielle que j'étais mordue, puisqu'elle venait de m'avouer qu'elle aimait marcher avec Raton. Donnant-donnant. A la fin de la première semaine, Mathieu m'a demandé une fois, il avait tous ses cheveux dans la figure, très sérieux, est-ce que c'est dans ce sens-là que les filles se masturbent, ça m'a surprise qu'on puisse me poser une pareille question, c'était au fond ce qu'on était en train de faire, mais les mots ne m'ont pas semblé bons, il y avait un côté vécé municipal et puis après, ne dis pas que t'as jamais trifouillé avec une fille, vous êtes toutes un peu gouines. C'est la première fois que j'entendais ce nom, il se comprenait bien mais tout ce vocabulaire me déplaisait et j'ai été triste. Je trouve que c'est mieux de ne pas nommer, ou alors inventer. Peut-être que les garçons n'ont pas beaucoup d'imagination qu'ils se répètent les mêmes mots d'une génération à l'autre. Alberte et moi on avait plein de mots secrets, pour les hommes une titite, une baisette, pour nous le carabi ou

« celui-là », on inversait les sexes dans nos dénominations. Que des jeux avec Alberte, sans avant, ni après, je n'ai pas su lui expliquer à Mathieu pourquoi je n'avais jamais été gouine. Je n'ai jamais éprouvé de panique avec une fille, même toutes seules dans le cagibi à outils, c'est la panique le distinguo. J'aurais dû me méfier de lui, ces phrases, toujours les plus sales qui restent. Un autre jour j'ai osé lui dire que mon père était ouvrier, plus tout à fait maintenant contremaître il était, et ma mère aussi avait été ouvrière, elle servait seulement à la *Petite Vitesse* depuis quelques années, bientôt elle n'aurait plus besoin de travailler. Ça me gênait un peu, bien que j'aie déjà vu qu'il crachait sur les riches. Il a eu un sourire drôle, et il a commencé un baratin terrible, tout nouveau pour moi, compliqué, il appelait ça l'aliénation, au début je mélangeais avec l'asile et les givrés. Mes parents étaient donc aliénés, et naturelle-ment ils l'ignoraient. Il n'y avait pas qu'eux, des tas de gens plus ou moins, en un sens c'était rassurant, il m'a traitée d'idiote, que je ne réfléchissais pas comme j'aurais dû. Je ne me suis pas fâchée, j'apprenais des choses et ça m'a toujours cloué le bec. Il est devenu patient, Mathieu, il a recommencé, tes parents tu vois, ils sont contents d'avoir leur baraque, même à crédit, et ça les empêche de vouloir le pouvoir, des responsabilités, de vouloir être libres. Je n'ai pas osé lui dire que je n'étais pas vraiment sûre qu'il en veuille de tout ça mon père, les responsabilités, la liberté même. Ils me font continuer mes études, pour être mieux qu'eux, plus d'argent, pas pour la liberté. Qu'est-ce qu'il fallait faire pour les changer. Il était bien bon, Mathieu, avec ses démonstrations, il faut bien croûter donc travailler, on n'a pas d'instruction chez moi ni d'argent pour être libres d'un seul coup. Ou alors devenir romanos. Je parlais comme mes parents mais je ne voyais rien d'autre. Mon cousin Daniel, une tête brûlée, pas une réussite. Mathieu en oubliait d'aller plus loin comme tous les jours côté rapprochement des peaux, il fallait lutter pour un changement de société. Moi aussi j'aime bien l'idée de révolution, la seule période intéressante de l'histoire avec Jeanne d'Arc brûlée à petit feu, mais les constitutions je vois pas à quoi ça sert. J'ai rêvé enfant d'une fin du monde, rafler tout ce qu'il y avait dans les vitrines, les gâteaux surtout, les chocolats et dormir dans les belles chambres toutes faites des marchands de meubles rue du Calvaire. Je bavais quand ma mère racontait que des gens avaient pillé les magasins au cours de la guerre quarante, pas des voyous, des gens comme nous mais pendant les guerres on perd tout sens moral, ajoutait mon père. Ça m'aurait plu de le perdre. Mais il paraît que ce n'était pas encore ça le bonheur, remplir son caddie à craquer, les belles chambres et les congés payés au soleil. Il s'entêtait Mathieu. C'était difficile aussi pour moi d'imaginer la vraie liberté quand on sait même pas à quoi ça ressemble. L'amour, le champ d'avoine, très loin les parents, l'école comme s'ils n'existaient plus, oui je comprenais enfin, faire l'amour tu devrais, c'est malsain d'être vierge, tu sais. Je n'ai rien oublié, les phrases tournent, je ne m'en débarrasserai plus, elles ont commencé de réduire à néant celles de ma famille, les seules auxquelles elles pouvaient s'opposer, celles des profs de toute façon on n'y croit pas beaucoup. J'aimais bien écouter Mathieu. La plus belle quinzaine d'août de ma vie, même quand je n'allais pas à la colonie du Point du Jour et que je moisissais à la maison, parce que je me posais des questions. Tous ces gens au supermarché, en bagnole, qui ne savaient que leur vie était loupée. Je me trouvais supérieure de le savoir et que c'était une grande chance pour plus tard, parce que pour le moment je regardais mes parents saucer leurs haricots verts du jardin, ceux qui sont tendres, encore un qu'on nous volera pas, le mot favori de mon père après manger et il s'étire, je ne voyais pas comment leur faire sentir qu'ils étaient exploités, malheureux, sans s'en rendre compte. Il m'avait longuement parlé des masses populaires, Mathieu, mais le soir devant la télé c'était pas très réel son histoire, ils étaient un et un, abstrait, la masse. Tout prendre, casser, les joues barrées de soleil le poing levé, la belle image rouge, qui ne collait pas du tout en les voyant. D'abord ils ne veulent jamais rien demander à personne, s'ils ont besoin d'une autorisation, ils se sapent, ils parlent poliment, c'est peut-être comme ça qu'ils se font avoir. Mon père se versait un verre de picrate, bien calculé, jamais plus. C'est moi qui étais malheureuse de leur aliénation, oui. Ils regardaient un truc de magicien à la télé, des péquenots défilaient, s'embringuaient dans leurs réponses et le type de l'émission, d'un air élégant qui faisait mine de rien comprendre, que voulez-vous dire, répétez, fiers de passer à la télé, ne voyaient pas qu'on se foutait de leur poire. J'ai dit, cette émission est conne, fous-nous la paix faut bien regarder quelque chose, ce magicien prend les gens pour des cons, on va pas les plaindre, s'ils y vont c'est qu'ils veulent bien, nous on irait pas. J'ai essayé de continuer, ils n'écoutaient même plus, arrête tu nous empêches de suivre, ça fait trop longtemps qu'ils sont mes parents, je pourrai jamais faire leur éducation politique. Qu'aurait répondu Mathieu à ma place, mais c'était pas ses parents. J'aurais voulu être tout le temps dehors, marcher comme ça la matinée entière jusqu'à l'heure où Gabrielle venait me prendre en vélo. Je faisais toutes les courses possibles pour me sortir sans donner de soupçons, sortir pour sortir, c'est trop louche. J'ai cessé de dire bonjour aux bonnes femmes qui se tâtaient avant de me répondre, habana la mouquère définitivement, plus facile que de murmurer un vague bonjour qui vous reste en travers de la gorge. Quand je partais en vélo, il ne pensait à rien, lui, en bricolant au jardin, les pères qui imaginent ce sont forcément des salauds, ils se mettent à la place des garçons qui vont avec leur fille. Et elle, la veilleuse au grain, elle n'y a vu que du bleu. Elle me nettoyait le carabi, seule, faut pas te laisser toucher Anne, tu me le dis si quelqu'un. Toucher, la belle blague, c'est pas ça qui est mal, c'est le plaisir, ça se comprend assez vite. Il faudrait toucher et ne pas avoir de plaisir, Alberte disait que sa mère disait que les femmes n'aiment jamais ça et sur la balançoire je me jurais que j'aimerais moi, quitte à ne pas être normale. C'était bien parti, toucher était le plaisir, futée ma mère, se doutait quand j'avais seulement cinq ans. Quand je suis partie à vélo cet après-midi-là, le 14 août, je feuillette tout le temps le calendrier, mais ça n'a pas de sens, Saint Evrard, le soleil se lève à quatre heures quarante-quatre et se couche à dix-neuf heures

100

zéro six, l'horoscope est maintenant derrière, il y a eu quelque chose pour moi seule. J'ai fait mes trois kilomètres habituels en vélo sur la route nationale, plus tôt que d'habitude et sans Gabrielle, mes parents partis au Havre à une heure, les vacances c'est pas fait pour les chiens. Ça tombait pile, Mathieu avait son jour de congé. Il devait avoir tout manigancé, la moto, l'itinéraire, c'est difficile de dire si j'avais soup-çonné, peut-être accepté d'avance. Et c'est ma faute alors, mon père, je l'ai entendu dire, l'homme propose la femme dispose, et plus loin, il dira Mathieu, avec un air malin, la femme se donne et l'homme se prête. Ces mots-là ne conviennent pas non plus, je ne les comprends pas, je suis bien là tout entière, j'ai faim, j'urine, je dors, je me regarde nue, je n'ai rien donné, il ne m'a pas pris grand-chose et c'était tellement mal fait. Le problème n'est pas là, je ne sais pas le sens de cette journée sauf que je suis sûre qu'on ne peut pas commencer à se toucher même du bout des doigts sans vouloir parcourir tout le chemin. Je n'étais jamais montée encore sur une moto, le vent, le casque, personne ne m'aurait reconnue là-dessous, le corps si léger à côté de cette grosse tête lourde que je me sentais. J'avais peur de mourir et mes parents diraient qu'est-ce qu'elle fabriquait là, sur la route de Veules-les-Roses, ça pourrait arriver justement parce qu'ils ne le savaient pas, ou bien une panne et je rentrerais à la nuit, la dégelée. La route était bleue, plus d'un mois qu'il n'avait pas plu une goutte, ça aussi faisait baisser mon niveau de résistance, le corps se fond dans l'air ambiant, tout juste si j'avais l'impression qu'il m'appartenait. Les toits au ras de la mer sont apparus et les falaises ouvertes de chaque côté. Jusqu'ici je n'étais venue à Veules-les-Roses qu'avec mes parents, les dimanches d'été, on mangeait des œufs durs sur la plage et mon père dormait sous une serviette, quelquefois des cousins aussi, Daniel, et ma mère me cachait pendant que je faisais pipi par la jambe au pied d'une falaise. On est descendus doucement en moto jusqu'à la plage, on s'est baignés, j'essayais de ne pas trop le regarder partout, pendant qu'il était en slip de bain, mais je ne pouvais pas m'en empêcher parce que je trouvais bizarre de nous voir presque nus devant tout le monde. On est partis assez vite, il n'aimait pas cette atmosphère de bronzinette, casino et jeux publicitaires. Pourtant ça m'aurait fait plaisir de rencontrer par exemple des filles du C.E.S. On a bu un pot dans un boui-boui sur la route, à Héricourt, des types nous reluquaient en faisant des allusions, puis ils se sont adressés à nous directement, dis donc j'espère que tu lui as déjà fait sauter la capsule, moi de mon temps je craignais personne pour la farce. Ils étaient tout bouffis de rire, l'un restait muet et l'autre s'excitait encore plus, c'est que je te l'enfilerais encore bien ta bonne amie. Mathieu trouvait ça très sympa, naturel. C'est drôle à les entendre il me semblait qu'on avait déjà fait la farce tous les deux et qu'il n'y avait plus de vieux saligauds, d'obsédés, ce vieux schnock qui voulait nous faire boujoute sur l'œil qu'il disait à moi et Alberte. Brusquement tout le monde s'est mis à baigner dans « ça », il n'y avait plus de différence, les vieux, les moches, la femme qui épluchait des haricots sur une table du café, elle aussi. Mes parents aussi, malgré que ça me répugne encore. Le Coca-Cola était tiède. Il fallait que je sois rentrée pour six heures. Il restait une heure et demie. Je savais la suite, oui-non, il y a toujours du jeu entre les deux. Il n'y a pas eu de panne, je ne suis pas tombée de moto et j'ai fait attention de ne pas mettre de taches d'herbe sur ma robe rouge, c'est trop dur à enlever celles-là, mon maillot de bain mouillé était roulé dans un sac de plastique. J'avais juste du sang dilué sur mon slip de nylon au retour. J'avais imaginé ça comme le reste, très doux, c'était le poignard, j'ai lu ça quelque part, ces descriptions-là m'ont toujours intéressée, je pourrais presque citer tous les livres que j'ai lus où on en parle. Et pendant une heure j'ai serré les dents avec des larmes, je rêvais d'anesthésie, se battre avec je ne sais quoi, j'ai été humiliée. Peut-être que je n'avais pas assez attendu, que j'avais encore peur de ça, immense. J'ai failli reculer, non, une autre fois, que j'aie le temps de me préparer. Je me suis sentie ridicule, et il rouspétait, que j'étais drôlement fichue, prêt à me laisser tomber, pour rire bien sûr mais c'était pas tellement évident. Alberte la première fois je veux que ce soit dans la mer, l'eau, mais surtout la mer, pour ne pas assister à ça en moi, un glissement insensible. Quand il a eu réussi, le vide brutal, je m'étais toujours demandé comment ça se passerait à l'intérieur. Rien. Je n'ai même pas su où finissait le tunnel. Ma mère qui voulait me faire percer les oreilles et je n'ai jamais voulu. Un acte médical. Il faut être tordu pour dire si c'est bien ou mal, quand on a envie de crier de douleur c'est pas le genre de question qu'on se pose. C'est la première fois que j'ai osé regarder son sexe en plein jour. Que j'en ai eu envie, comme un droit, comme on examine la fraise du dentiste. J'ai gardé ma culotte tout au fond de l'armoire de ma chambre, je la sors quelquefois parce que c'est un signe, comme le 14 août sur le calendrier, mais c'est plus personnel qu'un calendrier. Il reste juste un parfum acide de vieux linge, à force de le regarder je ne sais plus ce que ça signifie, ce n'est plus qu'un dessin rose et jaune sur du chiffon, ça me fait penser à la reproduction de la tête du Christ imprimée sur du drap, un truc gris de sang délavé que je voyais chez ma grand-mère et qui me faisait peur. Je fais comme s'il y avait eu un avant et un après, maman qu'est-ce qu'un pucelage, ce n'est pas un oiseau ni rien, en tout cas c'est pas la peau crevée qui fait la différence, plutôt les tas de pensées que je n'ai pas arrêté d'avoir après l'avoir quitté, sur mon vélo et puis à la maison où mes parents n'étaient pas encore rentrés à sept heures du soir. Je me disais que théoriquement je pourrais mourir maintenant, je connaissais tout. Il faudrait vivre avec ça toujours, quelque chose de très ordinaire finalement. Fini de refaire en rêve comment ça se passerait. Passé. Comment les gens pouvaient-ils s'attrouper devant les cinémas pornos du Havre, c'est avant que je reluquais ces affiches, plus maintenant. J'ai pris la chatte sur mon lit, elle était déjà pleine avait dit mon père qui a le coup d'œil. Il m'a semblé que ça ne s'était pas passé comme il faut tout de même, s'il n'y avait pas eu toute cette gymnastique ridicule et douloureuse, je l'aurais aimé aussitôt Mathieu, son image pleine de sueur me plaisait. Je ne pouvais pas encore toucher là où s'était produite la transformation, il avait dit au moment de partir en posant sa main, c'est à moi ça, par-dessus ma

105

robe. Mais il me semble que ce n'était à personne, j'avais perdu le carabi gentil, ignorant, des huit ans, la petite bête tapie malgré tout, on ne sait pas ce qu'elle veut, ça s'appelle la pureté, vite dit. Je n'avais encore rien à la place. Ma mère lui donne un drôle de nom, son crougnougnous, objet innommable, pouah, je n'avais pas ça en moi. Et puis j'ai pensé vraiment que ça ne regardait pas les parents, je ne les craignais plus tellement brusquement. Je revoyais toujours ces filles qui partent au bras d'un garçon, les filles qui se marient enceintes, avec Alberte on se demandait où elles avaient bien pu faire ça. Moi aussi. J'étais fière. Et je pourrais mettre des tampax. J'avais envie de raconter, d'écrire, je ne savais pas par où démarrer parce qu'il faut toujours remonter trop haut, Gabrielle, le B.E.P.C., même avant, le rêve, remonter le plus loin jusqu'à aujourd'hui, mais il faudrait changer de nom, ce serait plus convenable, et le passé simple parce que ça fait relevé, et je pourrais tout dire à l'abri, j'ai cherché un beau prénom, Arielle, Ariane, Ania, que la première lettre au moins me ressemble, mais avec un beau nom pareil, c'était plus moi, ce soir-là, les histoires des autres ne m'intéressaient pas. Alors j'ai griffonné une phrase, de celles qu'on invente au fur et à mesure qu'on écrit, « je voudrais partir d'ici » et j'ai barré, c'est pas la chose à se dire sérieusement, ou alors. J'ai mis des disques, je n'écoutais pas bien, j'aurais aimé pouvoir jouer d'un instrument, la guitare par exemple, mais mes parents n'ont jamais voulu, à quoi ça sert t'auras plus assez de temps pour étudier. Ils sont rentrés vers huit heures à cause des embouteillages et ils n'ont parlé que de ça, plus qu'ils étaient flapis mais flapis. J'ai été très contente qu'ils aient un sujet de conversation. Le lendemain, il a fallu se farcir le gros repas du 15 août habituel alors que j'aurais préféré courir chez Gabrielle, qu'elle sache. Et puis le revoir. Ils avaient invité mon oncle Jean sa femme forcément et leur fille ma cousine de douze ans, qui était déjà venue à l'enterrement, on n'a rien à se dire, c'est une môme. Au milieu du repas je suis retombée dans mon trou affolant, quand ils deviennent tous des paquets bavards qui s'empiffrent. Peut-être qu'ils s'imaginaient que moi aussi j'aime avoir le cul sur une chaise trois heures d'affilée, les histoires de supermarché, ci et ça pas cher, et Anne qu'est-ce que tu dis, pas une grande causeuse ta fille! Comme eux plus rien que bouffer, que boire, plus cavaler, famille endormisseuse, leur vie c'est marre et j'ai eu l'impression qu'ils voulaient de la jeunesse autour pour les empêcher de vieillir plus. Ma petite cousine s'est levée de table, elle avait le droit de revenir qu'au dessert, si j'avais pu en faire autant, aller bouffer un yaourt dans ma chambre ou au fond du jardin, rêver. Il y avait des taches sur la belle nappe, des bouts de poulet sur le bord des assiettes. Je deviendrai folle pendant un repas de famille. Ça m'étouffait. Ils ne voulaient rien voir, et moi, comme Mathieu et tous les jeunes je savais que la vie est contenue dans des gestes qu'ils cachent. Un jour en riant elle a dit à des mariés de la veille, dépêchez-vous d'aller prendre le café du pauvre, pour mes parents, un truc vite fait, un produit de remplacement qui ne vaut pas les sous et la belle situation. Ça m'a paru lumineux, elle a peur que je cavale, à cause des études, tout s'écroulerait, les espérances. C'est peut-être parce que j'étais en vacances, mais j'ai été convaincue de réussir au lycée, rien ne s'écroulerait, au contraire, maintenant que j'avais fait l'amour j'aurais un souci de moins. Prends des haricots verts, ça fait pas grossir. Où était le bonheur pour eux, bouffer, rebouffer, acheter des affaires, la télé le soir ou lisoter le journal, dormir une bonne nuit, il avait toujours raison Mathieu, aliénés jusqu'à la gueule. Mais si c'était moi leur bonheur, j'ai préféré ne pas y penser. Il suffisait d'imaginer, qu'il m'arrive malheur, je me comprenais, ils seraient assommés de chagrin, mais je m'arrangerais, ni vu ni connu l'hosto, avec quelle vitesse je brûlais les

108

étapes, ça me cisaillait moi-même. Qu'ils étaient loin tous. C'est ce jour-là à table que je me suis rappelé une histoire dans *Intimité*, les témoignages vécus, ma mère adore, une fille s'enfuit de chez elle, vit dans la dèche, et elle revient, ses parents entendent pleurer un bébé dans la pièce, ils pardonnent. Ça m'avait tourneboulée. Quel rapport entre coucher avec Mathieu et ne pas être institutrice ou secrétaire de direction. Il me semble qu'il y en a toujours un dans la tête de mes parents. Moi aussi être mieux qu'eux, ça me plairait, vivre comme eux il faudrait être cinglée pour le désirer. Jamais, elle ne le dit vraiment, mais on se comprend entre nous, que c'est moche d'être ouvrier, j'ai parfois envie de dire comme elle aux gens qui viennent chez nous, faites pas attention à la maison. S'élever, qu'est-ce qui pourrait dire que c'est mal. C'est drôle, il suffit que je sois un bout de temps au milieu d'eux mes parents, la famille, à les écouter, voir ma mère courir de la cuisine à la salle, lourde, sa jupe qui rebique en bas à cause des plis qu'elle se fait toujours en s'asseyant et puis mon oncle Jean qui me sourit pour rien, il est fier de moi, alors je ne sais plus qui a raison, tout s'embrouille, ce que disait Mathieu, eux. Je n'en pouvais plus d'être à table ce dimanche de 15 août. Comment font les autres, il me semble qu'on est forcément de guingois avec sa famille après qu'on est allée dans un sentier, pas pour les fraises. Je revoyais les vieux du café d'Héricourt bavasser hier à cette heure-là, et puis ça, et puis le vide dans mon ventre. Toutes ces choses existaient, je n'ai pas vu de rapport entre elles, s'il y en a un, on ne me l'a jamais appris encore, allez la surrincette, Jean, c'est pas tous les jours le 15 août, qu'est-ce tu fais de beau Anne, elle se repose, elle a bien raison, ça fatigue les études, faut bien si on veut arriver à quelque chose. De quelle Anne parlaient-ils. Le soir mon oncle et ma tante sont encore restés à manger les restes ensemble, c'est l'habitude, comme s'ils pouvaient plus se quitter. Reconversations, rebouts de poulet froid cette fois sur l'assiette, et ma cousine de douze ans, innocente et qui voudrait sans doute que je lui apprenne des choses, tintin, j'en ai fini avec mon enfance et celle des autres par conséquent. Après une journée pareille, j'ai forcément décidé de recommencer le plus tôt possible. D'abord, il m'avait manqué le plaisir.

Le lendemain, Gabrielle, vieille bique, au pied de son H.L.M., sur le gazon cuit par le soleil, c'est bien parce qu'on est amies pour supporter sa petite bouche qu'elle fait et ses « tu aurais dû le faire mariner plus longtemps, ton gars ». J'ai regretté alors d'avoir tout raconté, malgré que ce soit surtout médical et technique, ça engage moins. J'attendais qu'elle me paie de retour, être deux pour partager la même expérience, elle avait dit si tu le fais je le fais. « Rien de spécial, je marche avec Raton, il est bien ce gars-là, tu sais. » Elle déviait, salope, vieille gaupe, avec ses jambes de coureur cycliste. Mais si je la laissais sur son gazon ruminer seule ses vacheries, je n'aurais plus eu personne pour parler. Les devoirs sur l'amitié j'ai toujours tout inventé, la confiance et le tralala, il n'y avait qu'à la voir ici, Gabrielle, si heureuse de savoir tout sur moi et de se taire pour comprendre la frime des grands sentiments. Céline, peut-être, mais elle n'avait pas l'esprit assez mal tourné comme moi pour qu'on s'entende, je ne m'en sortirai jamais. Il n'y a eu qu'Alberte, et encore, c'est vrai que tout a failli grimacer un après-midi quand mon cousin Daniel lui a fait un croche-patte en courant, elle est tombée, pour la relever, il avait mis ses deux mains en éventail sur son début de nichons. J'ai tellement ri disait-elle que j'ai presque fait pipi dans ma culotte. Ces mains trop bien placées sont restées entre nous même si on a rien dit. Gabrielle, c'était pas différent.

La colo finissait le 30 août, ils repartiraient. Quand on est pas limité par le temps, qu'on a toute l'année devant soi, ça laisse la possibilité de réfléchir, je croyais peut-être que j'allais mourir à la fin des vacances. Avoir un accident en vélo. Aux siestes, on a trouvé le joint pour que je monte dans la piaule de Mathieu sans que son dierlo s'en aperçoive. Je ne me disais plus si ma mère me voyait parce que je ne la voyais plus, quelquefois j'avais peur d'oublier l'heure, de rester jusqu'à la nuit, affreux, mais c'était impossible, pas si imprudente au fond. Je m'étais habituée au vide intérieur de mon corps, finalement ça ne jouait pas un grand rôle dans la réussite, mais je n'ai pas osé lui avouer, ça l'aurait vexé, Mathieu. Je me disais que c'était juste, si le plaisir était logé seulement au fond, les filles ne pourraient jamais avoir envie avant d'avoir été traversées par un homme, ce qui me paraissait absurde et immoral. Quand je repartais du Point du Jour, j'accompagnais un moment Mathieu avec ses mômes, ils gueulaient, c'est ta femme celle-là, avec un ouais! de victoire. D'habitude les morbacks je ne les aime pas, ils sont trop près de moi, pourtant là, je me suis mise à les regarder jouer au ballon prisonnier, ils chantaient *C'est nous les enfants de l'été*, eux et moi c'était comme si on était dans le même cercle. Ils paraissaient tous heureux, les loupés à moitié aussi, avec des gros yeux, la roupie qui leur dégouline facilement du nez. J'enviais les monitrices, j'aurais voulu rester ici, avec Mathieu et les mômes. J'ai été prise d'un grand amour pour tout le monde à ce moment-là, surtout les déshérités quel mot, ceux qui n'ont pas tout quoi disent mes parents, les moches. Peut-être que je me sentais supérieure d'avoir baisé avec un gars plutôt bien. C'était surtout de me sentir proche d'eux, les gosses, les vieux même. J'avais horreur, petite, des kroumirs, aux vieilles et vilaines manières. Fini. Proche par quoi, il n'y avait pas de rapport pourtant avec leurs corps décatis, la vicelardise de leurs yeux et ce que j'avais découvert. Aucun rapport non plus entre mon bonheur et des trucs comme les définitions du dico que j'ai tellement piochées à douze ans. Difficile à définir, raconter les gestes on peut toujours, le plaisir déjà moins, c'est comme un secret. Un après-midi, je me suis mise à la lucarne de la piaule, je le voyais fumer sur le lit et le soleil en travers lui coupait le ventre. J'écrirais, oui, un journal intime, je décrirais sa chambre, peut-être, son sexe, avec d'autres mots, on écoutait Jimmy Hendrix, jamais je n'avais autant senti le présent et si c'était ça avoir seize ans, les jours gonflés à crier, j'étais heureuse. Toute l'enfance a eu un sens brusquement, elle venait ici. Vacances, on joue à cache-cache chez ma grand-mère en octobre, j'attends qu'on me cherche derrière la maison, parmi les orties, on m'a oubliée, le silence étrange est plein, je suis Anne,

113

Anne, A...nne, devant moi, l'avenir, vivre jusqu'à cet avenir. Je rejoins les autres, c'est comme si j'avais vu la Vierge ou n'importe quel saint qui se montre dans un nuage. Et j'étais là, enfin. L'harmonie. Parler tous les deux, avec les autres monos aussi, ils m'ont appris des tas de mots qui ne m'étaient pas familiers, c'est pas dégueu, se faire piéger, fliquer, et j'ai mieux su la différence entre la gauche, la droite, les anars, les communistes. Je crois que je m'y perdrais encore, bien que ça me soit égal maintenant, tant que je n'aurai pas vécu avec ces gens-là ce sera le brouillard, mes parents ne sont rien. Les profs se brûleraient plutôt que d'annoncer leur couleur, paraît même qu'ils n'ont pas le droit, ce serait bien utile pourtant, on saurait quel rapport il y a entre leurs idées et ce qu'ils racontent, faut deviner. Quand j'écoutais Mathieu, je trouvais tout juste et intelligent ce qu'il disait, sauf quelques détails qui me faisaient tiquer, mais je n'avais pas encore bien compris sans doute. Il affirmait que tout est dans l'éducation des masses. Il avait raison et quand je voyais les enfants détaler dans la colo, j'avais envie d'être institutrice pour de vrai, pas seulement parce que c'est un métier bien. Mais rien à faire pour encaisser le mot masse, on s'est toujours bouffé le nez dans ma famille, dans le quartier, ça fait pas très masse à mon idée, et puis on se voit comme une espèce de bloc gris, moi au milieu, désolant, une masse. Apprendre la responsabilité et la liberté, ces mots faisaient très réels surtout que c'était l'été, la chaleur et pas beaucoup habillés. Rentrer chez moi, c'était comme rentrer à l'écurie, mon Dieu faites qu'ils n'aient rien appris de ce que je fais. Qu'est-ce que j'aurais pu leur faire comprendre, les gauchistes cassent des vitrines, ils n'en démordront pas. Ils parlaient du temps, du jardin, du monde sur les routes, où mettre la révolution là-dedans. Il faudrait que ce soient les autres qui la fassent pour eux, et encore ils ne seraient pas d'accord, qu'est-ce qu'il sortira de tout ça, c'était pas comme ça avant. De toute façon, je n'ai pas souhaité la révolution pour eux, si je l'imagine, la révolution, ils n'y sont jamais, dedans. Mathieu disait aussi qu'il ne fallait jamais oublier que j'appartenais à la classe ouvrière, que c'était important, au début j'ai eu presque honte, et ce qui m'a étonnée c'est d'avoir toujours baigné dedans tout en ne m'apercevant de rien de particulier. Parce que tu peux pas comparer avec les bourgeois, tu en connais, vraiment? Connaître on pouvait pas dire, bonjour bonsoir, oui, l'oculiste par exemple. Les profs pas pareils, on ne sait pas de quel côté les fourrer. Un après-midi, tous ensemble, on a fait du barouf au village proche de la colo, on chantait des chansons, *C'est un oiseau mon enfant*, sous les yeux des péquenots muets. J'ai crié plus fort que tout le monde, j'étais contente de faire voir ma libération devant des gens qui ressemblaient à mes parents, méfiants, et il y avait moins de risques. Plus d'une semaine et je me demande comment mes parents se sont aperçus de rien, mon air, mes retards quelquefois, je saurais pas dire ce qu'ils ont pu faire de leurs jours, sauf que ma mère allait de temps en temps à la *Petite Vitesse*, je la pistais, c'est alors qu'on se rend compte qu'ils sont immobiles les parents. Ils se méfiaient pas peut-être parce qu'ils marchent le nez levé vers ce qu'ils veulent faire de moi, ça les rend mirauds pour tout le reste ou il faut le temps qu'ils se réveillent. Il restait neuf jours.

On s'est réunis pour fêter l'anniversaire d'une monitrice, celle que je préférais parce qu'elle était calme, on ne savait pas avec qui elle couchait, mystérieuse quoi, j'aurais bien voulu devenir comme elle à vingt ans. Depuis tout le temps je regarde les vieilles, les grandes et je me dis je serai comme ça, à y réfléchir c'est impossible et pourtant j'y pense encore tellement c'est effrayant de se dire qu'on ne ressemblera à personne. On a bu beaucoup de mousseux et on chantait les rondes des gosses, et après des trucs plus malpolis comme on disait avant, Alberte.

Mais au fond c'était pareil, pour rire. Et Yan, en face de moi, qui n'allait avec personne et qui jouait de la guitare, son visage fin, je ne saurais jamais comment il aurait fait pour m'avoir, comment il m'aurait parlé, après, son mystère de garçon. Copain, c'est l'écume, le bluff. J'ai regretté d'avance ce qui ne se passerait jamais. *Y'a du roulis, y'a du tangage*, Yan me serrait la taille à droite et Mathieu à gauche, la chanson s'est éloignée, quelque chose se passait par en dessous, en moi, la droite était panique, à nouveau. J'ai cru que Yan m'avait caressée. Il y aurait dû y avoir une bataille morale, j'aurais pu au moins jouer à pile ou face pour me décider. Au lieu, je chantais la gorge serrée d'avance, comme si c'était fait. Trop tendance à croire qu'on peut parler librement qu'après s'être touchés, c'est impossible à pratiquer dans la vie courante, et pourtant. Et puis Mathieu, Mathieu à perte de vue, le passé ne pesait jamais bien lourd face à l'avenir en ce mois d'août. La curiosité, c'est bien normal à mon âge, le contraire serait bizarre, seulement ça pousse à n'importe quoi et c'est mal vu la curiosité des filles. Maintenant, je le suis de moins en moins, curieuse, c'est tout asséché en dedans. J'avais encore imaginé des gestes pleins de lenteur, quelle gourade, c'était presque six heures, le dîner des mômes à la colo, il était pressé, on était allés jusqu'au champ d'avoine, ça m'a bien un peu turlupinée, le même endroit qu'avec l'autre, on pense mal de soi à cause du décor. Ce champ d'avoine c'était le temps qui passait et ne passait pas à la fois. Il ne parlait pas beaucoup, mais au début ce n'est pas tellement la peine. Mais le début n'a pas duré plus de cinq minutes, mon petit chambard à moi ne suivait pas le sien, il ne s'en souciait même pas. J'ai compris qu'il se conduisait brutalement parce qu'il prenait la suite de quelqu'un pour ainsi dire, il devait y penser tout le temps. Moi je ne me posais pas de question sur les filles qu'il avait eues avant. C'était mal éclairci, et j'ai senti qu'il ne me verrait jamais autrement que comme une coureuse. Dis tu viendras me voir chez moi. J'ai refusé. En revenant il m'a dit que la mono qui me plaisait tant était sa fille à lui, il vaudrait mieux qu'elle n'apprenne rien, oh et puis c'était sans importance. Il y a eu pour la première fois un trou terrible entre les garçons et moi, jusqu'à présent il m'avait semblé qu'on était pareils au moins dans ces moments-là, quelque chose m'échappait. J'ai protesté, je criais presque, qu'il n'avait pas le droit de dire ça. Yan, quand je sens quelque chose que je n'arrive pas à expliquer, je crie, qu'on a pas le droit, ce mot-là pour moi c'est tout. Il m'a moralisée le Yan, si tu veux pas qu'on te traite ainsi, faut pas te considérer comme un objet qui change de mains. Sur le coup, c'était clair, je regrettais tout, et j'ai senti que Mathieu aurait la même réaction peut-être, qu'il m'enverrait aux flûtes. Mais je croyais encore tout rattraper. Sur mon vélo, j'aurais déjà voulu être à demain, voir si Mathieu allait m'ignorer, si je pourrais lui faire comprendre que Yan comptait pour du beurre, lui qui avait lâché Gabrielle, peut-être qu'il n'oserait pas me faire des reproches. Même Yan, il avait bien semé sa fille. A penser, je ne me suis pas sentie comme un objet, ou alors il m'avait servi aussi d'objet, malgré que visiblement il n'ait pas eu l'air de le soupçonner un seul instant. Me rappeler son air supérieur a mis par terre mes raisonnements, la logique vaut que dalle devant l'assurance des garçons. Le torchon brûlait entre mes parents à mon retour. Sur le coup j'ai cru que c'était à cause de moi, non, ils avaient eu un pète à la voiture en faisant une balade et des courses, t'as pas vu en arrivant, quoi, ça se voit pourtant assez, quoi, mais la voiture, et ton père n'en fait jamais d'autres, j'avais bien autre chose à penser moi. Et puis les vacances se sont rarement passées sans grabuge, de se voir trop naturellement. Je n'en avais jamais parlé à Mathieu, le grand soir moi je sais bien à quoi il ressemble depuis toute petite, ils se foutraient sur la gueule et les gendarmes vien-

119

draient, et je me bouchais les oreilles. Quoique maintenant j'y sois moins sensible. Ce soir-là j'étais presque contente, ça m'a évité de parler. C'est pas le moment en plus de fourrer son grain de sel, ils ont jamais eu l'air de penser que ça puisse me faire quelque chose leurs disputes. Qu'ils dansent la sarabande pour leur foutue bagnole, d'abord quand je suis dedans avec eux, c'est comme si j'étouffais, l'odeur du skaï et tout, ils fixent la route, des statues fripées, qu'ils s'empoignent au kiki, moi j'aurais voulu revenir en arrière de quatre heures. Je me suis lavé la figure, la poitrine, je ne croyais pas terrible au pouvoir de l'eau mais c'est instinctif pour se débarrasser de quelqu'un. Mon Dieu que Mathieu ne sache rien. Mon corps m'a paru laid pour la première fois de ces vacances. J'ai mis la radio, c'était une chanson, *J'attendrai le jour et la nuit*, le présage n'était pas fameux. On a mangé et mes parents se taisaient ou bien elle disait d'un seul coup, pas sûr qu'elle soit réparée pour aller au Havre, etc. J'ai aidé à la vaisselle, et je n'arrêtais pas de me fabriquer un lendemain où j'expliquerais tout à Mathieu, où Yan n'aurait rien dit, ou les deux. Comment empêcher que Mathieu sache que, les seins aussi, oui, j'avais envie, je me regardais avec horreur, est-ce que les garçons se regardent dans la glace et se disent je me fais horreur. J'ai pleuré dans mon oreiller pour que mes parents n'entendent pas, surtout mon père qui a le chic de demander aussitôt, qu'est-ce que t'as, brutal, ça veut toujours dire tu nous fais chier à ne pas être heureuse.

Je suis allée chercher Gabrielle parce que je n'étais pas très tranquille, le lendemain, pour monter à la colo. Jure-moi de m'aider, cocotte, parle comme si je marchais toujours avec Mathieu, je te revaudrai ça. Dans le couloir, on a rencontré Yan, j'ai dit salut, dégagée, souriante. J'ai même été déçue parce qu'il m'a répondu d'un air pressé, salut, je vais prendre mes mômes pour une course au trésor. Mathieu est sorti de chez lui et Gabrielle a crié bien fort, bon je te quitte, à tout à l'heure. J'ai bien vu qu'il savait tout à sa tête de juge. On cause d'hier, si tu veux. C'est tout de suite causé, si t'en voulais plus fallait le dire. J'avais tout prévu sauf les grossièretés, et que je ne pourrais pas le faire sortir de là. Il s'est couché sur son lit, les bras derrière la nuque, je ne suis pas un con, tu t'es trompée d'adresse. Il n'y avait pas de discussion possible, alors je me suis mise à côté de lui, j'ai dit des choses qui faisaient un peu cinéma, et cucul, on n'avait pas eu l'habitude ensemble, il n'y a que toi qui m'as, il était rouge, ses cheveux tout relevés, sans un mot, il s'est déshabillé, juste le bas, il a voulu m'arracher le jean que j'avais mis cet après-midi-là, j'avais mal au cœur, j'aurais voulu être morte, je lui enlevais la main. J'ai pensé aux prostituées. Avec Alberte, on en parlait tout le temps comme si ça nous faisait envie. J'ai eu des taches sur mon jean, il se remontait tout, à genoux sur le lit, les jambes un peu écartées. D'un seul coup j'ai été loin de l'écran, rien n'avait plus de signification. Allumeuse, il a dit. Il pensait comme Yan, et Yan pensait comme lui, à l'infini, et moi au milieu, une crotte. J'ai couru jusqu'au vécé du couloir. Des piaules des monitrices, de la musique s'échappait, leur vie harmonieuse m'a déchirée. Je pleurais sur le trou des chiottes, longtemps, j'ai lavé les taches de mon jean. A l'école primaire, une fille avait fait dans sa culotte, elle l'avait caché, puis à la récréation elle était restée dix minutes dans les waters, qu'est-ce qu'on avait ri. Je n'osais plus sortir de mon endroit, je m'étais trempée en me nettoyant, et Gabrielle, ses yeux partout, qui verrait forcément. Il y avait toujours de la musique chez les filles, c'était le pire. J'ai regardé dans l'embrasure de la porte, personne dans le couloir. J'ai filé, j'ai su que je ne voudrais plus revoir Gabrielle. Après sur mon vélo je roulais n'importe comment, je souhaitais qu'un chauffard me prenne par-derrière, ne rien sentir et couic. Le plus atroce, avoir cru entrevoir la liberté avec eux, ils disaient c'est malsain d'être vierge, et la société est à détruire, je l'ai vue la liberté, le lit au soleil un jour, le même qu'aujourd'hui, ça devait être de la roupie de sansonnet, cette liberté-là. Ils avaient des règles aussi, je ne les connaissais pas. Je chialais sur mon vélo. C'est trop dur d'être hors d'un code que je n'avais jamais soupçonné. Est-ce qu'il pouvait arriver des choses pareilles à un garçon, des filles acharnées, qui l'humilieraient à le rendre fou, je ne pouvais pas l'imaginer. J'ai commencé à penser qu'il m'a manqué un code, des règles, pas celles des parents ni de l'école, des règles pour savoir quoi faire de mon corps. Ils devraient donner des règles de l'interdit, au cas où on préférerait l'interdit, ce serait plus pratique, après on ferait son choix. Surtout quand on est seule de fille. Comment supposer que les garçons pensent et sentent les choses autrement que moi. Tous, ils m'ont dégoûtée, je revoyais mes mains dans la cuvette jaune du vécé pour nettoyer mon jean, tous dégoulinants de ça, et les autos filaient sur la nationale, des qui me klaxonnaient au passage, salauds. Avec le soleil, mon jean était sec, je pouvais rentrer à la maison. Si j'avais pu aller ailleurs, où, toujours le même problème. Près de la barrière je me suis rendu compte que je n'avais pas remis mes lunettes, enfoncées dans la poche de ma chemisette. Il y avait un verre de fêlé, je me suis rappelé, le lit, je me débattais, le désastre. Il allait falloir affronter le désastre, je n'ai plus pensé qu'à ça. Je suis entrée dans le séjour mes lunettes à la main, ma mère raccommodait un pull à mon père. Tout de suite le tourbillon, je me suis jetée dedans, je pleurais, je protestais que c'était arrivé tout seul, elle a gémi, tu nous fais vieillir avant l'âge, mon père est accouru, des lunettes neuves pas un mois qu'elle les a, on dirait qu'elle le fait exprès, elle ne compte rien, tu crois qu'on le vole l'argent qu'on gagne. En plus qu'il faudrait raller chez l'oculiste. J'étais soulagée qu'ils gueulent après moi, ça me lavait, toutes les larmes possibles, c'est vrai qu'ils sont parfois ric-rac mes parents à la fin du mois, avec les traites, et fallait voir comment je les avais bousillées ces lunettes. Ils en étaient déjà plus aux lunettes d'ailleurs, elle a tout pour être heureuse, si encore on disait, on s'occupe pas d'elle, merde alors, je vais voir les professeurs, tous les livres qu'il lui faut pour ses études. Ça me paraissait quand même loin des lunettes, mais je ne répondais pas, j'avais pire sur le cœur. Mon père a tout de même dit, on sera remboursé par la Sécurité sociale, suffit qu'on retrouve l'ordonnance, peut-être même qu'on n'aurait pas besoin de retourner à l'oculiste. On voyait la solution. Ma mère refusait de se rabibocher aussi vite. Mon père était plus calme, il devait penser à la voiture esquintée, de sa faute, ça le rapprochait de moi. Tu devais pas avoir tes lunettes sur le nez, sinon, qu'elle a continué, tu veux faire des embarras, mademoiselle, plaire à qui, hein, j'ai craint qu'elle ait tout découvert, jamais pu rien lui cacher complètement, c'est ça être parent, épier, si on dort, si on mange, si on se lave le, mais elle ne savait pas grand-chose, juste une impression. Ta copine, la belle Gabrielle, elle doit te monter la tête, je l'ai vue avec un drôle de gars aux cheveux longs. Mon père était gêné, l'air un peu con, elle sait bien qu'il faut penser qu'aux études, hein, Anne, il me suppliait presque, ça voulait dire, allez sois gentille, ne galope pas, qu'on vive sans histoires. Autrefois je jouais avec lui, on chantait. *Une petit' poule sur un mur qui picorait du pain dur, Mouchamiel, mouchamerde, moucha-quoi.* Comme c'était loin. Il m'a semblé que ma mère ressemblait à ma grand-mère, sa jambe était enflée, elle mourra dans trente ans, et moi je serai au retour d'âge, une chaîne atroce. J'étouffais. Elle continuait, on peut pas courir deux lièvres à la fois, du jour d'aujourd'hui, je t'aurai à l'œil, pas de ça Marie-Louise. On ne peut pas répondre quand on est aussi éloignées l'une de l'autre. Le plus grand des crimes, battre sa mère, je fermais les yeux d'horreur à six ans, sûre que de l'imaginer seulement ça ferait arriver la chose. Là j'aurais aimé autant qu'elle soit partie, morte, puisque de toute façon je suis partie d'elle dans ma tête. J'ai laissé mes lunettes sur la table, c'est la première fois que j'ai eu le courage de fiche le camp au moment des disputes. Avant, je restais piquée sur ma chaise, qu'ils disent ce que j'étais, mauvaise et tout. Je pleurais encore dans ma chambre, est-ce qu'on pleure autant adulte, c'est ça alors leur vallée de larmes. Pleurer parce qu'ils gueulent pour un verre de lunette fêlé, ça coûte des sous, quand c'est tout le reste qui va de travers. Je me suis déshabillée, je suis restée à me regarder devant la glace, je les entendais à côté, leur foutinement habituel, remonter le réveil, le bruit de la poire électrique. Je n'ai pas osé me toucher, Mathieu avait dit, c'est à moi ça maintenant, toujours j'y pensais, c'est comme si la suite, la honte ne pouvaient pas avoir existé, pas vrai ce qu'on croit aux mots. C'était un malentendu seulement, je pensais comme ça, parce que c'était trop horrible d'être rentrée et de m'être fait emballer à côté de la plaque. J'ai mis la radio tout doucement, encore *J'attendrai le jour et la nuit*, un truc sirupeux, pourtant ça m'a plu, je me voyais bronzée, dans la glace, et ce noir du milieu. Je les entendais dormir déjà, ma mère au moins, mon père a crié, tu le fermes oui ton poste en voilà des façons de nous empêcher de dormir. J'ai un corps comme elle, j'ai fait ce qu'ils font. Eteins ta lumière on te dit, couche-toi. Comment ne pas tout préférer à ça, ces paroles. Le lendemain j'ai été redécidée à retrouver Mathieu, lui parler, hors de la colo. Pour faire encore l'amour en vrai, et puis la confiance comme avant. Peut-être que c'était dingue, il me semblait que ça ressemblait à un grand amour, de mon côté au moins, je l'avais attendu, il était venu, puis la coupure, comme dans un beau poème. J'écoutais plein de disques, et dedans ça racontait toujours ainsi, le moche, le loupé, ils n'emploient pas les mêmes mots, si bien que ça ne paraît jamais loupé. Dis pas que tu n'as jamais trifouillé avec une fille, dis donc, toi, pour te faire sauter la capsule, ça peut pas entrer dans le sentiment malgré tout. Je suis sortie en ville avec ma vieille paire de lunettes. J'ai cherché des courses à faire, des stylos, des cahiers pour la rentrée. Je marchais dans les rues où je pourrais le rencontrer à certaines heures, le café où il achetait aussi ses clopes, le journal. Trois jours de suite, et je ne savais pas tellement ce que je cherchais à force. Quelquefois, je n'étais pas sûre d'avoir vraiment couché avec lui, je me disais en anglais, *to lie, to lie*, et ça veut dire aussi mentir. Dans les vitrines il y avait des cartables déjà, des pulls et il faisait

127

encore très chaud et sec. Je m'arrêtais devant tous les enchevêtrements de motos, les jambes de plomb quand j'en voyais une comme la sienne. Je me gourais tout le temps. Et il fallait rentrer vite pour ne pas alerter ma mère, surtout quand elle ne travaillait pas, j'aurais préféré qu'elle bosse en usine comme autrefois, ce que j'aurais eu la paix. Le coup de rester à la maison pour mieux s'occuper des enfants, ça n'a pas que du bon, ça dépend de quel côté on se place. Moi finalement ça me faisait suer. Parce qu'il y avait forcément des heures où j'aurais été sûre de le rencontrer, le soir vers six heures, et il fallait que je sois à la maison. Je la regardais s'agiter ma mère, repasser, lisser le linge de sa main rêche, babioler continuellement, que tout soit propre, qu'est-ce qu'on dirait de nous avec des rideaux tout gris, bien vrai on a sa petite fierté. Je crois que j'ai cessé de l'aimer complètement fin août, au fur et à mesure que la colo du Point du Jour allait finir, et les monos s'en iraient et je resterais ici, j'irais au lycée et tout serait raté. Je ne verrais plus que la cuvette jaune des vécés, l'humiliation. Ses mains avec des taches de son, ses ongles ras, quand elle se penche sur le carrelage pour essuyer des saletés, ses jambes s'écartent et tendent sa jupe grise, je vois le dessin de sa gaine. Informe. J'ai senti que j'étais partie d'elle, une femme comme les

128

autres, qui a toujours les mêmes conversations, les mêmes mots. Penser que je l'ai adorée, une gosse qui était moi, quelle chose incompréhensible. Sa voix, les jours de gueuleton, je m'endormais contre sa poitrine, j'entendais les mots se former, ça grondait, comme si j'étais née de cette voix. Qu'ils meurent tous, même mon père, pas elle. Quand elle se penche au-dessus du vide des falaises au bord de la mer, je vais m'évanouir d'horreur, elle va se laisser tomber pour me punir de ma méchanceté, montrer qu'elle n'a pas besoin de moi. Et le droit de me faire mourir si je suis trop vicieuse, faut pas toucher à ça, jamais le montrer à personne tu entends. Qu'elle. Le laver, l'habiller de culottes fraîches. Sa propriété. Quand Alberte a commencé à m'instruire, j'avais peur que ma mère me laisse mourir, je ne connaîtrais jamais les années de sang, des seins qui poussent, des garçons qui vous suivent. Mon corps lui a échappé sans qu'elle sans doute. Qu'elle tombe malade aussi, une bonne solution pour lui filer dans les doigts, la rue, la rue. Elle me cocolait, me fourrait dans sa jupe, je me déguisais avec ses affaires, son odeur de cuisine et de poudre, sa culotte, avec les dessins séchés venus là comment et ça sentait l'intérieur de la gueule de la chatte. Toujours à vouloir dormir avec elle. Fais pipi, as-tu envie, faut pas te retenir, c'est mauvais. Je croyais que c'était vilain, un péché de se retenir. A cause de l'endroit, du plaisir humide. Mais elle n'a jamais parlé de plaisir, l'urine, la seule chose racontable entre nous. J'ai tourné dans la maison pendant trois jours aux alentours de six heures, il devait être en ville, il garait sa moto, il entrait au *Commerce*, il ressortait, il mettait son journal dans sa chemise. Je l'aurais tuée. Toujours à se méfier des garçons, des hommes, peut-être mon père oui aussi, ferme la porte des cabinets, voyons. Dites donc vieux marlou, vieux kroumir, vous voyez pas qu'il y a du petit monde ici, j'irai chercher les gendarmes si vous continuez. La seule grosse faute qu'elle ne pourrait jamais me pardonner, que j'aie du plaisir. Heureusement, il y a eu Alberte. Ça ne suffisait pas, après je lui ai tourné autour, qu'elle me dise les secrets, rouges et noirs comme le carabo des femmes et la trique des hommes peinte sur le vieux pont avec les mots d'explication à côté. J'aurais voulu qu'elle me délivre de ce gros poids, que je ne pensais qu'à ça, que ça m'étouffait d'y penser toute seule. Je regardais l'heure, six heures et demie, fini. Aussi bien qu'elle ne m'ait jamais rien dit, après il y aurait eu ces conversations entre nous, j'aurais eu l'air de m'intéresser à ça, vicieuse. Les filles n'ont pas le droit. La propreté morale. Mame Buron, je dis toujours que ça a rien à voir avec la richesse, heureusement. Pas plus tard qu'hier, elle l'avait encore clamé. Je crois que c'est pour ça que je ne peux plus l'aimer, elle ne m'explique jamais le monde comme je le sens en moi et autour de moi. Elle a l'air de répéter des trucs. A quel moment elle a commencé de m'encoconner avec ses salades, du travail, de la moralité, le commifaut, c'est que petite je ne faisais pas attention aux paroles, les souvenirs d'enfance c'est du cinéma muet. Peut-être que s'il y avait pas eu Mathieu, je m'en serais jamais rendu compte complètement, elle m'aurait fait chier, c'est tout. Trop tard pour elle.

Le 30 août, je suis sortie vers cinq heures et demie, mes chaussures sont prêtes qu'à cette heure-là, t'iras demain alors, non, j'ai envie de les mettre justement demain, c'est des tintouins, tu pourrais mettre l'autre paire, ça va pas avec ma robe, t'es bien délicate, au moins si je veux les mettre je les aurai, bon fais comme tu veux. Et en voiture Simone, mes plus longues conversations avec elle ont un but caché, sinon, quel intérêt, pour des godasses. Devant le *Commerce*, sa moto, sûr cette fois. Je me suis précipitée dans la galerie marchande juste en face, le coup des vitrines qui servent de miroir à toute la rue, reflets bleutés, un rêve. Mais des vendeuses de bouquins coulaient leur tête de mon côté, j'ai regardé ma montre comme si j'attendais quelqu'un ferme, « mais qu'est-ce qu'il fout, celui-là ». Il est sorti, un journal à la main et son casque. Il a enfourché sa moto, il est resté assis, les pieds à terre, tout en bouclant son casque, le dos un peu rond, il a baissé la visière et il a fait un demi-tour complet sans démarrer dans ma direction. J'étais juste à l'entrée de la galerie. Il a démarré en regardant peut-être devant lui, à cause du casque, je ne pourrai jamais savoir. Il n'a pas eu l'air de m'avoir vue. En revenant à la maison, j'ouvrais la bouche et je tenais la tête un peu en arrière, c'est un truc pour empêcher les larmes de dégouliner, après dans la rue on me prendrait pour une maboule, ça me fait peur parce que je ne suis pas toujours certaine de ne pas l'être.

Surtout après quand mon père a repris le boulot en septembre, il disait c'est pas pour dire, mais à la fin on s'ennuie, c'était vrai. Le lendemain du jour où j'ai vu Mathieu pour la dernière fois, je suis restée devant la télé, lui il lisait le journal, des guêpes se prenaient dans les rideaux, il les étourdissait avec son journal et il les brûlait avec son briquet. Ça a recommencé comme avant que je mette le pied au Point du Jour. Le matin, empilant draps et couvertures sur le bord de la fenêtre, elle fait la poussière, tout nickel. J'ai traîné devant mon café au lait, je reprenais une tartine, puis une autre, avec plein de beurre, je ne pensais qu'à ce goût dans la bouche. Elle est peut-être contente de me voir le matin même si je lui dis à peine bonjour, t'as bien dormi, il a fait de l'orage, j'ai pas entendu, elle se dit que bientôt j'irai au lycée, et le reste elle s'en fiche. Parce qu'elle a été ouvrière d'usine. Je regardais autour de moi, ça a commencé d'être comme une maison étrangère. Je me suis dit que je reverrais Mathieu, qu'il m'écrirait, il n'avait pas mon adresse mais il l'aurait par Gabrielle, parce que Gabrielle aurait donné la sienne à Raton, et il connaissait Raton. Ou il reviendrait l'année prochaine au Point du Jour. Un an de devoirs, de gens nouveaux à connaître au lycée, un gouffre. Dans deux ans, à ma majorité, j'irai à Paris, je le retrouverai, à la fac où il allait. Partir, tout de suite, et prendre un boulot, je n'y ai pensé qu'une fois, la gare, les quais, la foule, puis quoi, j'ai eu peur d'avance de me voir seule ma petite valise à la main. C'est toujours comme ça que je me représente mon cousin Daniel la tête brûlée faut croire que le monde ne nous appartient pas qu'on a peur de lui. Ma mère a étendu son blanc dehors, quel beau temps pour sécher. La voisine aussi. On ne peut pas partir. J'ai acheté en cachette les mêmes journaux que Mathieu, garder au moins ses idées mais c'est trop difficile et c'est tellement loin de ce qu'on vit ici. Je ne lis

133

plus rien, les livres de bibliothèque, je n'entre plus, je ne sais pas, il faudrait vraiment mon histoire, et comme c'est pas une histoire il n'y a pas des masses de chances que je la lise. J'ai vu un titre au kiosque à journaux, *Illusions perdues*, j'ai feuilleté, illisible, ça ne devait pas être les mêmes illusions que moi. Après j'ai essayé un journal pour l'« âge tendre » comme ils disent, des filles lâchées à la pelle après avoir couché avec un garçon, je me suis demandé pourquoi elles vont étaler leurs histoires à cette bonne femme, la réponse on la connaît d'avance, chère bidulette, oubliez gnagnagna. Ce n'est pas une solution que je cherche, qu'on m'explique pourquoi depuis juillet tout ce qui s'est passé, pourquoi je ne supporte plus rien, comment vivre maintenant, ça ne se trouve pas dans le courrier du cœur. Une fille pleurnichait qu'elle était enceinte, affreux et tout, confiez-vous à votre mère, qu'elle répondait sans rire la bonne femme, la grosse blague, je m'y suis vue. Encore heureux que j'aie échappé au désastre, ça ne pouvait plus m'arriver, je l'ai su un matin. Quelque chose partait en même temps que le sang, plus rien de Mathieu, nettoyé, chassé par le ventre lui-même. Mélancolique. Les règles mesurent mieux le temps que le calendrier, tant d'événements entre les deux périodes. Ça m'est revenu le petit horoscope secret qu'Alberte m'avait griffonné, est-ce que tu piges, le premier jour des règles, tu regardes, drôlement bien fait, t'as une prédiction, les jours de retard aussi ça compte pour savoir l'avenir. Vendredi, il y avait écrit « tristesse », 3 septembre, rencontre, deux jours de retard, retristesse. Pas lumineux et déprimant. J'ai rangé ma piaule, préparé mes affaires pour la rentrée, j'ai commencé à manger vraiment beaucoup, de biscuits et du saucisson toute la journée. Il y a eu enfin de la flotte. Dans le jardin, il était toujours là le vieux kroumir, la figure tordue de viciosité, quand j'étendais le linge mouillé. Qu'est-ce que ça peut me faire maintenant, il pourrait se promener comme un ver. Bonjour monsieur. Ma mère m'a dit de faire le compte des affaires que tu auras besoin, quatre cents francs pas plus, et pas des trucs qui te vont comme un tablier à une vache. On peut pas jeter l'argent par les fenêtres. Elle s'est étonnée que « je voie » autant cette fois-ci, j'ai toujours su qu'elle tripotait mon linge en douce, et les poubelles. Du sang pendant huit jours, et quand elle était seule avec moi, elle redemandait, t'es pas malade nulle part, c'est drôle. Ça m'a gênée qu'elle parle de ça, les règles c'est le haut de l'iceberg, la partie dont on peut causer encore entre elle et moi, mais ça pourrait devenir dangereux, suffirait qu'elles s'arrêtent. Le samedi avant la rentrée,

135

ils sont allés au supermarché, la voiture était réparée. Ils sont rentrés le coffre plein, ma mère a nettoyé l'intérieur de l'auto, mon père l'extérieur. Tout recommençait, l'abondance des samedis, le ménage à grande eau, la télé avec les films de cow-boys, les chansons. J'ai eu peur d'un seul coup d'être folle, comme ça en les regardant. J'ai pris la chatte avec moi, énorme, mon père disait qu'elle aurait bientôt ses petits, elle aurait même dû déjà les avoir. Je crois aussi que j'avais la frousse de la rentrée, j'avais pas la tête disponible pour ça.

Heureusement mes lunettes ont été réparées à temps pour que je les mette dès le premier jour. Je n'ai retrouvé que Céline dans ma classe. Ce défilé de profs pétulants, toujours, au début, m'a étourdie. Assis tous à des tables, en rang comme à l'école primaire, je me suis sentie de trop avec mes vacances. J'ai jamais été à l'aise avec les profs, même les plus aimables je me méfie, encore le premier jour on peut se faire minuscule, leurs yeux papillonnent sur tout le monde, il y avait déjà des élèves qui essayaient de stopper le vol sur eux par des remarques intelligentes. On nous a donné l'emploi du temps aussi, ça ne m'a rien fait d'avoir le jeudi matin libre. Il y avait du soleil, j'ai regardé par les fenêtres, pas longtemps, des murs rouges et d'autres fenêtres. Il allait falloir connaître toutes

136

ces têtes, des filles surtout, dans les classes littéraires, les types se bousculent pas. Deux ou trois pas mal, mais je ne me voyais avec aucun, ils me paraissaient polards. Par-dessus le marché, les garçons font toujours semblant de ne pas s'intéresser aux filles en classe. Aux intercours, plein qui racontaient leurs vacances. J'ai senti que Céline se dégotterait bientôt d'autres copines que moi, on n'est pas assez pareilles l'une et l'autre. Elle a passé un mois en Yougoslavie. Je me suis demandé jusqu'où elle était allée dans le flirt avec ses seins serrés dans son chemisier, on ne sait rien des autres. La prof de français a donné une dissert pour dans trois semaines, le bout du monde. Avant j'aimais la rentrée, le désordre, les nouvelles têtes, j'ai été dépaysée. Le premier mercredi de la rentrée, j'ai pas pu m'en empêcher, je suis retournée au Point du Jour. La colo était fermée, la petite lucarne n'était pas du bon côté où j'aurais pu la voir. J'ai longé l'herbage et j'ai vu la merde noire du chien qui était malade la première fois où on s'était parlé. Un mois et demi. Combien de temps elle resterait. J'étais heureuse d'être là, je ne crois pas qu'il aurait fallu. En pédalant sur le retour, j'ai calculé aussi que ça faisait deux mois que ma grand-mère était morte. Il y a deux mois, elle non plus ne se doutait de rien, je l'ai imaginée lisant les petits journaux qu'on lui prêtait, et *Le Pèlerin*, dans son grenier des bouquets de haricots secs pendus la tête en bas craquaient quand je me glissais dessous. Mais elle était vieille, elle.

J'ai rencontré un des gars en vélomoteur, les copains de Gabrielle du mois de juillet dernier. Il ne savait pas s'il devait s'arrêter, il a fait des ronds, je l'ai attendu au bord du trottoir. J'avais envie de revoir quelqu'un d'avant Mathieu, la colo et tout. Un signe précurseur en somme. C'était comme si j'avais encore toutes les vacances derrière moi et que tout recommence. Il s'appelait Michel, il avait dix-huit ans. Ce qui lui manquait surtout c'était la conversation, comme il travaille dans un garage, il n'y avait pas beaucoup de sujets communs pour allonger l'entrée en matière et faire oublier le but. Le copinage garçon-fille, c'est du chiqué ou alors, après. Si bien qu'on s'est donné rancart pour le jeudi matin, il trouverait une combine. Moi aussi, parce que les parents, quand on veut leur bourrer le mou, on y parvient toujours seulement c'est fatigant, est-ce que ça valait le coup je me suis demandé en regardant ses joues trop blanches. Uniquement pour continuer sur ma lancée. Au réveil, le jeudi, la perspective de le rencontrer ressemblait à une corvée. J'aime bien être au lit, je sens les draps froids près de la figure et tout tièdes à l'intérieur, ma chemise de nuit remontée à la taille, pour me rappeler, j'écarte les jambes, mais j'ai eu envie de pleurer d'avance. Il était dans la rue à côté du bahut, assez loin de la porte d'entrée, les mecs du lycée et moi, ça fait deux, tss tss. Il m'a jeté sa mobylette dans les jambes pour rire, et après il est resté à sautiller sur la selle, en levant sa roue avant de temps en temps, c'était gênant, parce qu'il me regardait d'une drôle de manière, comme j'avais vu son jean sur la selle, je savais à quoi m'en tenir. On est allés dans un bistrot, il a joué du flipper, les hanches qui avançaient vers l'appareil et les lampes qui clignotaient. Il s'est affalé à côté de moi et il s'est mis à farfouiller dans mon sac de toile. Il a sorti mes lunettes et j'ai crié, d'ici là que je me raboule avec la paire cassée, la maison de correction, et puis des bouquins de classe, il les a feuilletés avec des grimaces. Puis il est devenu triste d'un seul coup, il a fermé les yeux, tu peux pas savoir ce que tout me fait chier. J'ai essayé de savoir pourquoi, bien que j'en aie moi-même trop marre de tout pour m'embarrasser de lui. C'était décousu, les parents, le boulot, il répétait tout ça c'est con. Peut-être qu'on avait des points communs lui et moi, mais question langage, ça tournait court, je lui ai demandé s'il s'intéressait à la politique, qu'est-ce tu lis comme canard, oh dis tu vas pas devenir

139

chiante, ça ne lui a pas plu que je lui parle de trucs qu'il ne connaissait pas, je répétais ce que m'avait expliqué Mathieu, mais il était pas au courant. J'ai bien remarqué que les garçons n'aiment pas qu'on fasse leur éducation. J'avais repéré des immeubles en construction, au cas où ça pourrait servir. Il faisait assez frais. Le soir mon père grognonne que ma mère a les pieds gelés qu'elle ne les approche surtout pas de lui. C'est signe d'automne et de froid. J'avais mon gros pull par-dessus un plus petit et un jean de velours. Je ne savais pas quoi dire, « tu sais la première fois qu'on s'est vus, avec Gabrielle, ma grand-mère est décédée quinze jours après ». Il a paru estomaqué, de quoi qu'elle, de rien, subitement, eh bien dis donc. J'ai toujours été pressée par le temps, ce jour-là comme les autres, il ne restait qu'une heure. Il soufflait fort et ça me déplaisait, il ne disait rien, ni trucs sales, ni gentils, mais il paraissait heureux et doux. Aller avec n'importe qui c'est ça suivant les parents, je ne savais pas son nom, juste le garage où il travaillait. J'ai pensé c'est parce que je suis trop habillée, je ne sentais rien. J'ai trouvé ses mains froides sur mon cou, et puis il y avait beaucoup de courants d'air dans cette espèce de salle en construction où on était entrés. Il est passé sous le gros pull, c'était pareil, j'avais envie de lui enlever les mains, ce qui me dégoûtait surtout c'était ses yeux fermés. Je sentais ça, le sexe il faut dire, le mot général, oui ça convenait bien cette fois. Ça me faisait un peu mal au cœur, je pensais au creux intérieur et c'est comme si ça se serrait de très loin, du haut de l'estomac. C'était mon même jean qu'à la colo, la dernière fois. J'ai pensé au courrier des demoiselles d'âge tendre, qu'est-ce qu'il faut faire quand on a envie de rien, si, tu ne veux pas, alors ça, toutes les filles le font, si t'étais infirmière. Il me dégoûtait de plus en plus, je me suis écartée. Il faut rentrer, ma mère va encore me poser des questions. Il était dans tous ses états, ça m'était égal, au contraire je crois. J'ai tiré sur mon pull et je me suis recoiffée. Toucher sans plaisir, la solution, eh bien voilà. On est revenus en nous tenant par la main jusqu'à la route, comme je ne voulais plus le revoir, autant qu'on se quitte bien. J'ai sorti mon petit agenda secret, au retour, j'ai écrit Michel sous Yan et Mathieu, avec la date, jeudi 22 septembre. Samedi en rentrant du bahut ma mère a dit t'as vu dans le journal, qui c'est qui se marie, Alberte Retout, que tu jouais avec elle rue Césarine. Même elle était déjà mariée, on la voyait sur la photo, en robe longue, pas reconnaissable. Mon père a demandé, qui elle prend, un jeune homme du chemin de fer, mais dans les bureaux, elle est bien rencontrée on dirait. Ils avaient l'air satisfait comme quand ils trouvent que tout baigne dans l'huile, que rien ne pourrait être autrement, dans l'ordre. J'ai eu un cafard monstre en la voyant, Alberte, encore une à qui je ne voudrais pas ressembler, pourtant, on s'amusait ensemble, à qui mourrait le plus longtemps sur l'herbe, les quatre fers en l'air et puis dis tu me les montreras tes serviettes pleines de sang, pas faux jeton, elle a tenu parole. Ce jour-là où le vieux kroumir, le voisin, on ne s'y attendait pas, huit jours seulement qu'on habitait la maison, à cause de ça peut-être il avait cru possible, sont pleins d'illusions les sadiques, juste devant nous au milieu de son jardin, on a pas peur disait Alberte, très crâneuse. J'ai eu l'impression que c'était un appareil photo, il avait les mains dans ses poches et il tirait sur les jambes de son pantalon. Elle hurlait, je vous dénoncerai aux gendarmes vous verrez. Viens Anne c'est pas des lunettes à ton usage. Alberte, qui voulait faire hôtesse de l'air, je m'appellerai Cendra qu'elle disait. Elle apprenait pas bien à l'école, elle a pas trop mal réussi, faut dire ce qui est, sténo elle gagnera bien sa petite vie, et son mari au chemin de fer, on était en train de manger la salade, ils épiloguaient. Si c'est la même Alberte, elle riait, quand j'aurai des enfants je les mettrai dans le trou des chiottes, si c'est encore elle, alors qui l'a fait changer. Mon père a crié, ben quoi tu n'as rien à dire que tu ne parles pas de tout le dîner. En classe, j'ai eu de plus en plus de mal à écouter, au début je trouvais tout facile, des trucs qui rappelaient l'année dernière et j'étais bonne élève avant les vacances. J'ai eu une sale note en maths. Heureusement que mes parents ne l'apprendront qu'à la fin du trimestre. Au cours de physique j'ai regardé le prof si froid si intelligent et moi lourde, les cuisses collées sous la table, une loche. Il y a un conte comme ça, des types proposent à un roi des mètres d'étoffe et personne, personne ne voit la couleur de cette fichue étoffe, tout le monde admire quand même. J'étais pareille à ces péquenots de l'ancien temps, pire, je crois que je suis seule à ne rien voir dans le déballage du prof. A les voir, qu'est-ce qui les pousse, Céline, les autres, pourquoi ils ont envie de poser des questions, et je te gratte, je te réclame l'exposé, le tant, oui madame. Moi aussi je prends des notes sinon on se fait remarquer, quand je les relis, des hiéroglyphes. Est-ce que ça devient trop dur comme ils disent dans ma famille, il faut avoir de la tête pour suivre. Au fond la première étonnée d'avoir déjà pu suivre jusque-là, je croyais que je ferais le C.E.T. comme Alberte. Longtemps, je pensais que je ne pouvais pas être aussi intelligente que Céline à cause de mon milieu simple. J'avais bien raison, la preuve, c'est mal parti pour faire institutrice, d'abord c'est assistante sociale que je voulais, je l'ai dit à mes parents et ma mère a répondu que c'était pas soisoi, aller se fourrer dans les taudis, les gens de toute sorte, des rastaquouères, je t'y vois pas. Je me regarde à huit heures, dans la classe, comme s'il ne s'était rien passé, comme s'il n'y avait pas de différence entre nous, que l'intelligence, la petite flamme invisible, il n'y a pas de corps en classe et le mien me remonte de partout. Je suis rentrée du lycée avec Céline, en discutant vaguement, les yeux droit sur la route. Avant, pas meilleure élève que moi, mais si unie, un bloc très lent, très brun. Elle ne doit pas avoir de problèmes chez elle. Ça doit ressembler à l'intérieur de l'oculiste dans son appartement, vaste, ensoleillé, magnifique. Je me demande si ses parents lui tiennent le même baratin que les miens sur le travail, la conduite et tout. J'ai essayé de savoir, oui, ils veulent que Céline décroche le bac, naturellement, qu'elle fasse des études supérieures ensuite, mais ça leur paraît tellement évident qu'ils ne la tannent pas autant que les miens. Ce qui les rend chiants mes parents c'est qu'ils ont peur que je n'y arrive pas. Je peux de moins en moins la piffer, Céline. En marchant à côté d'elle, je me suis trouvée supérieure à elle d'un seul coup, avant cet été je n'y aurais jamais pensé, parce que je sais plein de choses qu'elle ignore forcément, le travail moche de mes parents, les fins de mois ricrac et les vacances où on se traîne. Mais ça doit pas être une supériorité puisque je n'oserais jamais lui en parler, à Céline.

Pas plus que de ce qui a commencé de se produire début octobre. Voir le sang, quel bonheur j'ai toujours trouvé, on n'a pas besoin de se battre comme les garçons pour qu'il coule, tranquille, sans violence, tous les mois. Cette fois ça tardait. Un dimanche, il faisait très chaud, on est allés chez la tante Elise, elle a dit à mon père, tu la maries quand ta fille, elle a bien le temps, ma mère a ajouté, les études d'abord on court pas deux lièvres à la fois. J'ai souri gracieusement pendant cette conversation, ce n'est pas parce que je n'aime plus ma mère que je dois lui faire de la peine devant tout le monde, dire qu'ils causent dans le vide. Ils souriaient aussi, contents que l'ordre des lièvres soit respecté jusqu'à présent. Et c'est juste après, en mangeant le plat en sauce, ils reparlaient de Monique ma tante toujours aussi chabraque, et Daniel, on a beau dire quand on est courageux, on trouve du travail, une tête brûlée, j'ai eu l'impression que je ne verrais rien ce mois-ci et peut-être même les autres mois, que ça s'était arrêté sans raison. Ils discutaient tous, j'avais la cervelle quadrillée de leurs mots, c'était comme une grande ombre qui descendait sur moi comme les soirs de jeu rue Césarine, l'espace rétréci, pas plus grand que le cul d'un verre sur cette table. Ça ne vaut plus le coup d'avoir mes règles. Ma tante a dit, t'as perdu ta langue Anne? t'étais plus causante avant. C'est plutôt la leur de langue que j'ai perdue. Tout est désordre en moi, ça colle pas avec ce qu'ils disent. Mathieu, oui, il m'avait semblé, mais il vaut mieux ne pas penser à lui, j'ai peur de devenir maboule. Le soir, elle m'a reproché de trop manger, qu'est-ce qu'on pense de toi, il faut toujours sortir de table avec une impression de faim. On soupait chez nous, elle a ramassé ses miettes et les a jetées au milieu de son assiette nettoyée, comme propre. Mon père était déjà devant son film, dis donc, t'as rien vu encore ce mois-ci, ben non, comment que ça se fait que tu sois détraquée. Tous les jours après elle m'a redemandé, sans un sourire, sans un mot gentil. En présence de mon père elle changeait de conversation. Elle ne doit plus m'aimer non plus.

Je savais bien qu'elle me traînerait chez le Berdouillette, le samedi suivant, qu'elle ne pensait qu'à ça. Je ne craignais rien, malgré qu'il y ait toujours un petit doute, on racontait tellement de trucs incroyables Alberte et moi, qu'on pouvait avoir un bébé rien qu'en se touchant, et dans les journaux, que d'être enceinte n'arrêtait pas forcément tout dans la mécanique. Dans la salle d'attente, elle n'a pas lu un seul des journaux étalés sur la table. Il fait froid chez Louvel, c'est pas très luxueux, il y a juste une armoire sculptée un peu bouffée, il paraît que ça vaut cher, on n'aime que le neuf à la maison. Elle avait les pieds rentrés à l'intérieur, les mains sur le sac comme chez l'oculiste, forcément encore un truc pour mon bien. Que tout marche droit, l'ordre, peut-être qu'elle y croit aussi à l'harmonie, plus pour elle, la pauvre, mais pour moi. J'ai eu une image d'elle d'un seul coup, c'était à Veules-les-Roses avec la tante de Monique et Daniel, j'avais sept ans, elle portait une robe à fleurs rouges, elle riait fort, on pêchait des moules dans les flaques du sable. Elle a tellement ri qu'elle a dû laver sa culotte dans la mer, à cause du pipi. Dans un café de la plage, elles boivent des apéritifs et on mange des gâteaux, des religieuses, que Daniel va chercher à la boulangerie à côté. Elles rient pliées en deux et les apéritifs font des éclairs. Cette image loin des mots, des principes qu'elle a maintenant, pas se faire remarquer, boulonner, pas riches mais comme il faut. Qu'est-ce qu'elle connaît des gens bien, à part les maisons vues du dehors, les

147

salons à la télé, les nénettes qui passent devant chez nous le dimanche sur leurs bourrins, et toc et toc le fessier qui tressaute, sans regarder personne sous leur casquette à la con. Céline fait du cheval. Rien que des interdictions pour me faire parvenir à quelque chose qu'elle ne connaît même pas. Peut-être que toutes les familles pas rupin c'est pareil. Et les mères pires encore. J'aurais voulu qu'elle soit encore ce poids infini de chair dans une robe rouge, qui riait et m'avait laissé tout faire ce jour-là. Louvel a ouvert la porte. Sautillant, mais il est devenu grave quand ma mère a raconté ce qui m'arrivait. Il a collé sa tête rose sur ma poitrine, puis il a palpé mon ventre, les yeux vagues, elle attendait que le mystère lui remonte sous les doigts, qu'elle sache enfin comment pourquoi ça ne fonctionne plus, depuis que je suis née, il leur a toujours dit tout sur mon corps. Je regardais sa tête qui me paraît plus petite qu'autrefois, pour m'ausculter il se contorsionne sur sa chaise. J'étais sûre tout de même qu'il ne trouverait rien, bien eus tous les deux. S'il avait pu lui dire la seule chose qui l'intéresse au fond, est-ce qu'elle est vierge, vous avez le droit de vérifier, ça même elle ne pourra pas le sortir, il faudrait qu'il s'en charge, qu'il la comprenne à ses yeux fixes. Il a été prudent, peut-être qu'il ne voulait pas d'histoires. Simple aménorrhée chère madame, très fréquent chez les jeunes filles, quelques comprimés et tout rentrera dans l'ordre. Elle n'avait pas bien saisi le mot, il lui a traduit et elle n'a pas paru soulagée, mais enfin quelle raison docteur. Des soucis, les études, c'est l'âge où on se tracasse vous savez. Il faisait son malin, le coup de la crise d'adolescence, pour tout le monde pareil, j'aurais préféré qu'il n'explique rien de moi à ma mère, elle allait le croire, forcément. Elle a donné ses sous avec moins de rapidité qu'à l'oculiste, j'ai eu l'impression qu'elle était déroutée malgré tout, quelque chose de moi qui lui échappe. S'il le faut, elle a dit, le seuil passé, on ira voir un spécialiste, je te laisserai pas comme ça, faut que tu sois normale. On va pas en parler à ton père, il se ferait du souci. Que le toubib et elle. On ne s'est pas dit un mot en revenant.

J'ai déjà pris une boîte de comprimés sans effet. Ça va de moins en moins bien au lycée. J'ai critiqué le prof de physique, chez moi, ils ne supportent pas, il en sait plus long que toi ton prof. Alors je préfère encore la rechambre, les rebouquins pour la frime, ça ne m'intéresse plus, la voisine étend moins souvent son linge à cause du froid. J'aime bien rester en ville après les cours, possible seulement quand ma mère est à la *Petite Vitesse*. Il y a tout le temps des types qui ressemblent à Mathieu, des cheveux longs et blonds, une moto. Je cours, ils se retournent, je m'arrête, s'ils savaient au moins qu'ils lui ressemblent, on pourrait s'entendre, je les suivrais bien rien qu'à cause de la ressemblance. Mais ce n'est pas cet air-là qu'ils ont, ils pensent que je leur cours après. J'ai pensé à un livre qu'on avait fait en troisième. *Le Grand Meaulnes*, un type qui cherchait, mais ce sont toujours les garçons qui déambulent le nez au vent dans les livres, la grande meaulnesse, ça ne m'a pas fait rire. Je ne veux plus revoir Michel. J'aime bien fumer, le problème c'est de trouver les sous. J'ai réclamé plus pour mon dimanche, mon père a tiqué, où ça passe tout ça, vivement que tu gagnes ta vie, que tu te rendes compte de la valeur des choses. Il vaudrait mieux qu'on nous l'apprenne avant, ce serait plus utile. C'est en classe que le monde m'apparaît le plus brillant, lointain. Je me demande si j'ai vécu ces vacances, si j'ai bien couché avec Mathieu, et puis un peu Yan et Michel, la différence entre oui et non me semble minuscule peut-être parce je suis en seconde comme prévu, que la prof demande le prochain devoir pour dans huit jours, la même date pour tout le monde, ça fait perdre les pédales de la réalité quand tout paraît immobile autour de soi. Je préférerais être vraiment zon-zon, on me soignerait, dodo toute la journée, on m'apporterait à manger sur un plateau, des belles montagnes comme dans les photos de sanatorium, des disques, plus bouger. Ou la révolution de Mathieu, pas pour prendre des trucs, mais des chambres, des grands lits, des voyages aussi, la pauvreté intégrale pour se débrouiller avec la nature, ce que racontaient les livres que je relisais toute gosse, où les parents étaient largués dès les premières pages. Ça se comprend. Ce sont eux qui vous ensuquent, même qu'à cause d'eux je n'aurai pas le cou-rage de partir, que j'essaierai de ne pas être folle. Dire que j'ai cru jusqu'à cinq ans qu'ils achetaient les gosses, au fond ç'aurait été plus tranquille si on réfléchit, toute l'enfance et la jeunesse serait du provisoire en attendant de leur rembourser la dépense, là on est coincé. Peut-être qu'il s'est trompé, Mathieu, il n'y a pas de condition sociale d'abord, il n'y a d'abord que des parents.

La chatte s'est couchée un matin sur le lit de mes parents pas encore rabattu, son ventre gonflé à éclater. Elle ne se léchait plus et elle ne buvait plus. Quand je suis revenue du lycée ma mère m'a dit aussitôt, elle est morte. J'ai voulu la voir, elle l'avait déjà enterrée au jardin.

Qu'est-ce que tu veux, elle avait fait son temps, c'est comme les gens. J'ai eu une envie horrible de pleurer, qui me faisait mal, devant elle. Je me suis rappelé qu'en mars dernier elle se roulait encore dans les plaques de terre retournée pendant que je révisais des maths. Loin. Ma mère a dit qu'elle avait posé la chatte sur mon oreiller dans ma chambre pour faire son lit, tout de même pas faire son lit de la journée ça va pas, qu'elle était morte après, il faudrait changer la taie. Il y avait une tache rosée sur les bords, jaune au milieu, elle avait dû se lâcher avant de mourir, de la pisse et du sang, c'est le dernier souvenir que j'aurai d'elle. Il fallait bien que la chatte crève un jour et que je continue à vivre. Ma grand-mère aussi. J'ai revu les petits chats que mon père enfouissait tout noirs et chauds pendant qu'elle piaulait dans la maison, enfermée. Je les ai ressortis un jour rue Césarine, ils étaient hérissés de terre. J'ai été heureuse cinq minutes, puis il est arrivé, il m'a giflée si fort que j'ai boulé en jetant les petits chats. Il les avait ramassés comme des trognons de chou, renfoncés en tapant la terre avec ses pieds, leurs yeux ne s'ouvriraient jamais. Toute la soirée, ils avaient été en rogne contre moi, que j'étais cinglée, je te ferai punir par la maîtresse tu verras. Je n'ai pas encore compris. Ils sont partis au supermarché tous les deux, la sortie de la semaine, avec les cartons bien préparés pour les commissions, le chéquier, la voiture nickel. Plus que deux jours pour ma dissert. La foire d'octobre a démarré, la Saint-Luc, qu'est-ce que j'irais y faire, que des Michel à la pelle autour des autos-tamponneuses. Elle m'a dit hier, j'ai bien envie de ne plus te laisser sortir, la foire le cinéma jusqu'à ce que tu sois à nouveau indisposée normalement. Comme si ça lui avait échappé, qu'elle ait pensé à de drôles de choses elle a rougi. J'ai étalé *France-Soir* sur la table de séjour, pour protéger le vernis. Il fait trop froid dans ma chambre avec cette pluie. Je n'ai rien à dire sur le sujet donné par la prof. Que du désordre, si je me laissais aller, que je sois libre, je parlerais de sang, de cris, et j'avais une robe rouge, un jean aussi, on se doute pas de l'importance des fringues dans les événements, et des repas dans la cuisine, il dit encore un de pris, elle étend sa jambe fatiguée, que ça fasse un nœud bien serré autour de moi. Ça n'aurait pas de sens, je me perdrais dans les détails comme mes parents, quand ils tournent en rond dans leurs histoires, il n'y a pas de vraie sortie. Mon père nous a appris à midi que Daniel s'était fait choper à la sortie d'un bal, encore, une bagarre, il ne fera jamais rien de bien. Ils paraissaient tristes tout de même en mangeant. Est-ce que moi aussi je vais devenir comme lui si je travaille mal au lycée. J'ai la trouille de tout maintenant, quelque chose de très vague, un nuage dans le cœur. Jamais je ne vais finir ma dissert, la prof me collera un zéro. C'est elle qui dit, ça lui prend, changer la vie, il faut changer la vie. Alors qu'est-ce qu'elle fait là?

Octobre 1976.

DU MÊME AUTEUR

Aux Éditions Gallimard

LES ARMOIRES VIDES

CE QU'ILS DISENT OU RIEN

LA FEMME GELÉE

LA PLACE

UNE FEMME

PASSION SIMPLE

JOURNAL DU DEHORS

Impression Brodard et Taupin
à La Flèche (Sarthe),
le 15 juillet 1994.
Dépôt légal : juillet 1994.
1er dépôt légal dans la collection : janvier 1989.
Numéro d'imprimeur : 6671 J-5.

ISBN 2-07-038098-X / Imprimé en France.